알
몸

한국소설문학상 수상작가의 신작 소설집

문상오

알
몸

목차

1. 폭우　8

2. 알몸　38

3. 질식　68

4. 동제　96

5. 인멸　126

폭우

핸드폰 화면이 번쩍했다. 노인이 기겁했다. 핸드폰을 집어 든 손이 덜덜 떨렸다. 캄캄했다. 노인이 눈을 비볐다. 이번엔 하늘에서, 번쩍하더니 번개가 일었다. 번개만큼 굵은 빗방울이 노인을 향해 쏟아졌다.

핸드폰을 움켜쥔 노인이 우산을 들었다. 번개와 우레를 동반한 빗줄기는 어느새 앞이 안 보일 정도로 세찼다. 떨리는 손으로 노인이 우산을 펴들었다.

"아니, 으르신! 이 빗길에 또 그 휴대폰 땜에 오셨어유?"

비에 흠뻑 젖은 박 노인을 장만수가 걱정스레 맞았다.

노인이 사는 중담에서 장만수의 집까지는 수월찮은 길이었다. 거리로야 오 리 정도에 불과했지만 고개 하나를 에움으로 돌아야 했다. 비만 오면 승용차도 골골거리는 너덜길이었다.

노인이 우산을 접었다. 말이 우산이지 대살이 다 빠져, 건들바람에도 뒤집히기 일쑤인 비닐우산이었다. 장만수가 수

건을 건네자 노인이 손사래를 쳤다.

"이거……, 이기 대체 뭔지. 아무래두 심상찮어."

핸드폰을 건네받은 장만수가, 핸드폰 대신 노인의 얼굴을 훑었다. 딱하다는 듯 혀를 차더니 노인을 자리에 앉혔다.

"내 참, 이거야 어디! 별일 아니니 이젠 고만 오시라구, 지가 시간 내서 내려 간다구 말씀 드렸잖유? 근데 이 빗속에, 저 비를 다 맞구 오셨어유!"

"눈이 어두워……. 당최 볼 수가 있어야 말이지."

"하! 그놈의 휴대폰! 어떻게 하든지, 뭔 수를 내야지. 이러다 으르신 먼저 일 내겠네유."

참으로 답답했다. 곁에서 지켜보는 장만수로선 답답한 정도를 넘어 측은하기까지 했다. 문자가 올 때마다 찾아왔다.

'이 늙은 처지에 소식 올 데가 어디 있겠나. 갸밖에. 무신 일인지, 무신 일로 했는지 한번 봐주게. 끄응……, 요새 고뿔은 되우 심해 잘 떨어지지도 않는다는데 그 어린것이 밥은 굶고 댕기는 건 아닌지. 그래, 감기약을 샀어? 밥집서 밥 먹었단 소린고!'

핸드폰의 진동보다 더 크게 떠는 노인의 손을 잡을 때마다 장만수의 가슴도 미어졌다.

봄이었다. 석 달쯤 전이었다.

고추 모종에 물을 주고 있는데 고등학생쯤으로 보이는 소년이 찾아왔다. 좀 작은 키에 왜소했다. 행색이 초라해서였을까, 본 둥 만 둥 했다. 물뿌리개에 있는 물이 다 줄었지만 찾아온 소년도 노인도 말이 없었다. 그런 둘이 답답해 보였던지 노랑배박새가 '지지꾸리~ 지지꾸리' 하고 한참을 조잘대다 날아갔다. 노인이 허리를 펴, 모판을 들려는데 소년이 좇아왔다. 노인 대신 모판을 하우스 안에 들여놓았다. 아마 노인이 하는 일을 먼 데서 지켜본 듯했다.

노인이 소년을 쳐다봤다. 도저히 믿기지 않는다는 듯 눈을 질끈 감았다가 떴다. 소년이 고개를 꾸벅했다. 해진 청바지에 줄무늬 낡은 셔츠를 입고 있었다. 멍하게 서 있는 노인을 향해 소년이 더듬거렸다.

"할 아 버 지!"

노인의 손에서 물뿌리개가 떨어졌다.

"니가……?"

노인이 떨리는 손으로 소년의 손을 잡았다. 멀리 날아갔던 박새가 대추나무 가지에 앉았다. 박새보다 소년이 먼저 말문을 열었다.

노인의 손자 '석'이라고 했다. 어머니가 한번 찾아가 보라고 해서 왔단다. 서울에 사는데 잘살고 있다며 말끝을 흐렸다.

할 말이 없어도 말문이 닫히지만 할 말이 너무 많아도 말문이 막혔다. 노인은 무슨 말을 어디서부터 해야 할지, 뭘 물어야 할지, 그저 어안이벙벙할 뿐이었다. 소년이 하는 양을 한참 보고만 있던 노인의 눈시울이 붉어졌다.

"니가 석이냐……. 니가 내 손주 석이여?"

"네. 할아버지!"

"어디 보자 그래, 그래. 뭣 허냐? 어성 이 할애비한테 절해야지."

노인이 떨리는 손으로 소년의 볼을 쓰다듬었다. 벌겋게 충혈된 눈에선 눈물이 그렁그렁했다.

"그렇지, 그럼! 우째믄 니 애비허고 같은지. 난, 니 애비가 온 줄 알았다. 들어가자, 어여! 내 생전에 우리 손주를 만나다니! 허어…… 우리 손주가 왔어."

노인이 울먹이며 소년의 소매를 끌고 집 안으로 들어갔다.

노인의 손자가 나타났다는 소식은 금방 동네에 퍼졌다. 좁은 동네였다. 한때는 200여 호가 넘는 큰 동네였으나 가문 논에 가재 사라지듯 한 집 두 집 사라지더니 이젠 30여 호도 간당간당했다. 호구 수뿐만 아니라 땅덩어리도 마찬가지였다. '찬물내기' 훤하던 들판이 댐 담수에 묻혔다. '큰황새골'은 고속도로에 잘려나가고 별 좋던 '양짓말'마저 태양광인가 뭔가 들어서는 바람에 한여름에도 발목이 시큰거리는 동네가 되고 말았다. 그렇게 누에가 뽕잎을 갉아먹듯 야금야금 줄어들다 보니 이젠 마을이라고 해봐야 됫박만 했다.

노인의 손자가 나타났다고 하자 제일 먼저 달려온 사람은 장만수였다. 아들 진배와는 동갑으로 단짝이었다. 초등학교, 중학교, 고등학교를 같은 반에서 보냈다. 대학교에서는 갈라지나 싶었는데 군대까지 해군에 동반 입대했다. 진배가 교통사고로 죽고 나자, 노인은 아들이 그리워서, 만수는 친구가 그리워서 아들 대신 아버지 대신, 친부자처럼 지내는 처지였다. 노인이 의지할 데라곤 죽은 아들 친구인, 장만수뿐이었다.

"으르신? 지가 왜 왔는지 아시쥬?"

"그랴. 간만이네."

"갸 이름이 석이라 했쥬? 이젠 뭐 장성했겠네유."

장만수의 말투가 흐트러졌다. 축하하러 왔다기보다는 뭔가를 따지러 온 듯했다. 그러나 노인의 귀엔 '석'이란 이름만 들렸을 뿐이었다.

"그랴. 자네 올 줄 알았네. 그래두 삼촌인디. 읍내 보냈구

먼. 옷가지 몇 벌 사 입으라구."

장만수가 노인이 벗어놓은 신발을 털었다. 흰 고무신이었다.

"동네 사람들이 으르신을 두고 뭐라는지 아세유?"

"……?"

노인의 신발을 탈탈 털던 장만수가 이번엔 바닥에 대놓고 후려쳤다. 신발에 묻은 흙보다는 자신의 뒤틀린 속내에 대한 화풀이였다. 그가 저렇게 골을 부린 적도 드물었다.

"박 노인 논물 보듯 한데유. 하, 참 세상에! 지 논에 물 댄다는 말은 들어봤어두. 그게 글쎄, 무신 말인지 아세유? 내 논은 놔두고 넘에 논물부터 본다, 이 말이쥬. 좋은 말 같다구유? 내 참! 한껏 꽈대서 하는 말인 줄, 증말 모르세유? 요즘 세상, 내 것두 챙겨가며 실속있게 살어야 하는디, 으르신 하는 걸 보믄, 속된 말루 숙맥이다 이 말이유. 숙맥."

"예끼! 사람 허군. 싱겁긴."

동네 사람들이 그런 얘기를 하게 된 건 우연이 아니었다. 곡절을 파헤쳐보면 그 밑바닥엔 노인의 아들 진배가 있었다. 그러나 진배 얘기는 노인도, 장만수도 꺼렸다. 말도 꺼내기 전에 눈물부터 쏟을 게 뻔했고 눈물이 쏟아지면 걷잡을 수 없게 된다는 걸, 둘 다 잘 알기 때문이었다.

"시답잖은 얘긴 그만하고, 자네 장이나 좀 봐다 주게."

노인이 잔치를 열겠단다. 20년 만에 찾아온 손자였다. 잃어버렸던 피붙이를 찾은 기념으로, 온 동네 사람들 불러다 잔치를 열겠다는데 누가 반대할 것인가. 그러나 장만수는 반대였다. 노인의 집안 내력을, 노인보다 더 잘 아는 그였다. 그런 그가 반대할 때는 그만한 이유가 있었다. 노인의 손자가 찾아왔다는 소식을 들었을 때부터 무언가 꺼림칙했다. 아무래도 예감이 안 좋았다.

그렇다고 내색할 수도 없었다. 철부지 어린애처럼 좋아하는 저 환한 얼굴을, 무슨 자격으로 일그러뜨린단 말인가. 20년이었다. 강산이 변하고 그 변한 강산이 또 변해버린 세월. 댐에 묻히고 고속도로에 잘리고, 그때마다 애꿎은 논밭전지가 떨어져 나가는 걸 보면서 쓸쓸했던 기억밖에는 없었다. 젊은 자신이 생각해도 그런데 자식 잃고 아내 떠나보내고, 하늘 어디에다도 하소연할 곳 없던 노인이, 뒤늦게나마 장성한 피붙이를 찾았다는데 어찌 그 인연을, 인연이 아니라고 몰아붙이겠는가.

장만수에게 잔칫상을 부탁한 노인이 눈을 지그시 감았다. 잠깐 졸았을까. 말간 하늘 한가운데 한 점 비행기가 떠 있었다. 긴 꼬리구름이 가는 대로 노인도 거기 올라탔다.

난생처음 타보는 비행기였다. 아들 덕분에 호강 한번 해보는구나.

그러나 좋아할 일만이 아니라는 것은 금방 드러났다. 비행기에서 내리자마자 대기하고 있던 버스에 올랐다. 이층 버스였는데 위층에는 잠도 잘 수 있게 매트도 깔렸다. 둥실 떠 있던 비행기 길과는 달리, 버스는 비포장도로를 끝도 없이 덜컹거렸다.

결혼중개업소 직원이 데리고 간, '락자'라는 곳은 조그만 시골 읍 정도 되는 마을이었다. 망고나무와 야자수 숲에 둘러싸인 마을은 낡고 헐벗었다. 나무기둥을 세우고 벽을 판자로 댔는데 허술했다. 띠풀로 엮어 올린 지붕은 곤충의 허물처럼 생기가 없었다. 일고여덟 가구가 띄엄띄엄 떨어져 있었다. 텅 비었구나, 그렇게 생각했었다. 마을에 들어갔을 땐.

그런데 웬걸. 저녁 무렵이 되자 사람들이 몰려들기 시작했다. 온 동네 사람들이 몰려와 축하연을 벌이는데 어찌나 떠들고 신명을 내는지 정신을 못 차릴 정도였다. 취기가 돌자, 과묵하기 짝이 없던 진배 녀석이 색시 될 여자의 어깨에 팔을 걸었다. 며느리 될 여자는 어리고 참했다. 스물두 살이라고 했다. 이름은 '응우' 뭐라 했는데 하도 길어, 두 번인가 물어보곤 더 물어보면 실례일 것 같아 그냥 '아가' 하고 불렀다.

아들 진배를 결혼시키고 난 노인은 그렇게 편할 수가 없었다. 아내를 저승에서 만난다 해도 내세울 게 있을 것 같았다. 좋은 세월은 마디도 없던지 서너 달이 훌쩍 지나갔다.

쌍무지개가 떴다. 새신랑 진배가 집안으로 뛰어들었다. 저렇게 아름다운 무지개는 베트남에선 볼 수 없었을 거라며. 한참이 지나, 무지개 다릿발이 무너질 즈음, 집안에서 진배가 나왔다. 무지개 다릿발보다 더 힘이 없어 보였다. 입이 얼었는지 말을 못 하고 버벅거리기만 했다.

아들을 따라 들어간 노인이 맥을 놓았다. 없어졌다. 며느리가 보이지 않았다. 집안뿐 아니라 밭이고 창고고 다 찾아봤지만 없었다. 동네 회관에서부터 웃말 종기네까지, 며느리를 봤다는 사람은 없었다.

"틀렸네유. 다 끝났어유. 패물이고 뭐고 돈 될만한 건 다 들구 간 거 보믄 몰러유. 지발루 나간 걸 어째 찾는데유. 찾어봤자 오지두 않을 거구. 내 팔자에 무슨……."

눈물을 글썽이며 낙담해 있는 아들을 차마 볼 수 없어 노인이 슬그머니 자리를 떴다. 노인이 찾아갈 곳이라곤 뫼밖에 없었다. 아내의 뫼는 단정했다. 진배가 틈만 나면 벌초를 한 때문이었다. 장가들게 되었다고, 또 장가들어서는 제 처와 함께 성묘한 뫼였다. 노인이 산 사람에게 말을 걸듯 푸념을 했다.

"당신이 부럽구먼. 이 꼴 저 꼴 안보고. 뭐라? 간 기 아니라고? 허! 당신도 그리 생각하남? 그렇지? 그리 고운 갸가 도망갈 일이…… 아니지. 그려그려. 다시 올 거구먼. 오구야 말지."

해가 떨어지고 날이 저물었지만, 노인은 몇 번이고 같은 말만 뇌었다.

"올 거구먼. 암! 오구야 말지."

그러나 노인의 말과는 달리, 떠난 며느리에겐 어떤 소식도 없었다. 가끔 들려오는 소식이라고 해봐야, 남 얘기하기 좋아하는 동네 사람들이 지어낸 헛소문이 전부였다. 한국 들어오기 전에 사내가 있었다는 둥, 중매업소를 통해서 하는 결혼은 대개 파투가 나는데 그건 결혼을, 한국 국적취득을 하기 위한 수단으로 이용하기 때문이라는 둥, 그 사람들 오는 목적이 돈인데 박 노인네같이 가난한 집엘 누가 있겠냐는 둥, 별 얘기가 다 돌았다.

노인이야 어찌어찌 견딘다지만 당사자인 진배는 속이 뒤집혔다. 그럴 때마다 장만수를 찾았다. 장만수의 주량이야 동네가 알았다. 약골인 진배하고는 비교가 되지 않았다. 많이도 먹었지만 흐트러지는 법이 없었다. 박진배도 장만수도 그저 그런, 평범한 촌사람들이었다. 그들에게 술을 퍼마시게 한 건, 세상이지 그들이 아니었다.

  뉴스에서 '태풍'이라는 말이 나오기도 전에 비가 퍼부었다. 도로 한복판도 물길로 변해, 천지가 온통 물바다였다. 자정이 넘었는데도 나갔다 온다던 아들이 들어오지 않자 노인이 옆집 순실네를 찾아갔다. 진배가 여태 안 들어오는데 그놈 친구 만수한테 연락 좀 해보라고. 연락을 받은 장만수 하는 말이, 비가 하도 와서 길도 미끄럽고 해서, 오늘은 읍내엘 간 적이 없단다. 그러면서 제가 찾아볼 테니 아버님은 가만 계시라고 했다.
  장만수가 읍내를 다 뒤졌지만, 흔적도 없었다. 단골로 들르는 '단방울' 여자 말로는 초저녁에 들르긴 했었는데 어디서 마셨는지 사람도 못 알아볼 정도여서 그냥 보냈다고 했다. 불길한 예감에 장만수가 마을방송을 틀었다.
  손바닥만 한 동네였다. 빗속이라곤 하시만 사람 하나 찾는 데는 오래 걸리지 않았다. 뒤집힌 차가 보였다. 진배가 타고 다니는 흰색 소나타였다. 차는 길모퉁이 전봇대를 들이받고 튕겨 나온 듯했다. 앞범퍼가 휴지처럼 구겨져 있는데 정작 운전사는 보이지 않았다. 혹시 살아서 빠져나간 건 아닐까 하는 마음으로 차를 살피고 있을 때, 건너편 길가 수로에서 사람들이 웅성거렸다.

진배였다. 수로에서 건져냈을 때는 이미 죽어 있었다. 이마가 조금 깨진 것 말고는 이렇다 할 외상은 없었다. 장만수의 생각으로는, 전봇대를 들이받은 충격으로 튕겨 나오면서 수로에 빠졌는데 거길 빠져나오지 못하고 익사한 듯했다. 그러나 노인도, 동네 사람 누구도 수로를 탓하는 사람은 없었다.

사건은 그렇게 끝나나 싶었다.

빗길 운전 부주의로 인한 사망사고. 경찰에서 내린 결론이었다. 보험회사에서도 그걸 바탕으로 보험금을 지급했다. 농협이나 면사무소 같은 기관에서도 위로금을 보내왔다. 장례가 끝나자 2억 원 가까이 되는 목돈이 모였다.

아들의 장례를 마친 노인은 넋이 빠져있었다. 욱신거리는 다리만 해도 천근인데 가슴은 만근으로 내려앉았다.

낙심천만해 있는데 누군가 찾아왔다. 며느리였다. 며느리 혼자만 왔어도 놀랄 판에 갓난아기까지 데리고 왔다. 포대기에 싸인 아이를 보이며 당신 손자라고 했다. 노인이 좋다거나 싫다거나, 말이 없었다. 그저 아이와 며느리를 번갈아 볼 뿐이었다. 그렇게 한동안 아이와 며느리를 살펴보던 노인이 허허 웃었다. 좋아서 웃는 웃음도 아니요, 싫다고 웃는 웃음도 아니었다. 그저 공허하고 허허롭기 그지없는 헛웃음이었다.

"보나 마나 뻔하지유. 저게 지 남편 죽었다니께 보험금 노리고 왔겠지."

"말이라구 햐. 시살 먹은 애도 알겠네."

"낯짝두 뻔뻔하지. 워찌 사람 탈을 쓰고 그래, 일 년이 넘도록 소식 한 줄 없다가 지 남편 죽었다니께 와, 오길."

"누가 아니랴. 애는 또 뭐구. 진배 애라구? 숯가마골 까마귀 속이지. 하긴, 박 노인 앞이니까 그런 말두 하겠지."

달다 쓰다 말은 안 했지만, 노인에게도 귀가 있었다. 무슨 소문이 어떻게 도는지 알았다. 일부러 노인이 들으라고 집까지 찾아와서 떠들고 가는 사람도 있었다. 그렇게 묵묵히 갓난애와 며느리를 바라보고 있던 노인이 서류 한 뭉치를 들고 왔다. 사흘째 되던 날이었다. 장만수가 불려왔다. 사실 노인에게서 장만수는 아들 대신이나 마찬가지였다. 그가 자신 일처럼 일일이 챙겨줬기 망정이지 노인 혼자였다면 장례는커녕 보험금이고 뭐고 감당하기 힘들었을 거였다.

"자네 여기 도장 좀 찍어 주게나."

노인이 대뜸 내놓은 서류는 출생신고서였다. 장만수가 놀란 표정으로 노인을 쳐다봤다. 노인이 벽에 붙은 가족사진을 올려다봤다. 노인이 가운데 의자에 앉아있고 양쪽으로 진배와 베트남 소녀가 환하게 웃고 있었다.

"출생신고네. 해줘야지, 내 앞으로. 신고 기간이 훨씬 지나 과태료를 내야 된다는데 그거 몇 푼 된다고. 면에 가서 알아보구 왔네. 병원에서 떼 준 출생증명서도 있고 보증인만 있으면 된다는구만. 허! 그놈 참. 이름이 석이랴. 밝을 석!"

듣는 내내 장만수의 귀는 먹먹했다.

"어르신……?"

장만수가 못할 말이라도 있던지 뜸을 들였다.

"기왕 늦은 거, 그 뭐냐? 친자확인 유전자, 그려! 진배 애가 맞는지, 유전자확인부터 하시고 하시지유. 그래야 담에 뒷일이 없을 거구먼유. 지는 암만 생각해두 저 아이는……."

노인이 손으로 바닥을 탁, 쳤다. 얼굴엔 노기가 가득했다. 노인의 눈썹이 꿈틀하는가 싶더니 불똥이 튀었다.

"자네도, 자네도 동네 나도는 그 해괴한 풍문에 동조하는가! 짐승도 제 품으로 들어온 새끼는 내치는 법이 없네. 나한테 남은 핏줄이라곤 쟈 하나뿐인 줄, 정녕 자네 몰라서 이러는가! 군말 말게. 유전자니 뭐니 얘기할라믄 당장 나가게."

그렇게 본 손자였다. 동네 사람들 말대로 며느리는 돈을 챙겨갔다. 큰돈이었지만 노인은 괘념치 않았다. 며느리가 아닌 손자한테 준 거였다. 강보에 싸인 어린 것이 제 발로 걷자면 그 돈이, 적으면 적었지 많은 돈은 아니라고 생각했다. 비행기가 사라졌다. 그 뒤를 억척스레 따라가던 꼬리구름도 사라졌다.

잔치가 끝나자 봄날 한가운데였다.

새가 날자 꽃잎이 벙긋했다. 쪼로록 쪽쪽! 꽃은 여울에도 흐르고 바람에도 나풀거렸다. 7월에 피는 물망초까지도 어깨를 들썩였다. 어깨를 들썩이는 건 화초뿐 아니었다. 고추 모를 내는 노인의 어깨도 덩달아 들썩였다. 비닐하우스에서 모를 다 낸 노인이 먼산바라기를 했다. 참으로 오랜만에 누려보는 복된 나날이었다. 아늑하고 따스한 햇볕이 노인의 어깨에 내려앉았다.

곁에서, 노인의 눈치를 흘끔 쳐다본 그가 물뿌리개에 남아있던 물을 비웠다. 호미와 모종삽을 창고에 갖다 놨다. 소매를 걷고 손을 씻었다. 제법 농투성이 티가 났다. 손을 씻고 세수까지 하고 난 그가 또 노인의 눈치를 살폈다.

"할아버지?"

"응? 오냐!"

"할아버지, 저어……."

"그래 아가. 할 말 있거던 어서 혀! 심들이지 말고."

서울에서 살다 보니 이런저런 어려움이 있는데 제일 힘든 게 돈거래라고 했다. 돈이 들어올 데는 없는데 나가야 할 데는 많아 늘 힘들다면서, 비상금 정도는 갈무리해 둘 통장이 하나 필요하단다. 자신의 이름이 아닌 다른 사람 명의로 된. 그게 뭐가 어려워 그렇게 뜸을 들이냐고, 노인이 오히려 역정을 냈다. 집을 팔아 달라는 것도 아니고 겨우 통장 하나, 할애비 앞으로 된 통장 하나 만드는 게 뭐가 힘드냐며 그 길로 농협출장소엘 찾아갔다.

용처가 뭐 하는 데냐, 어르신 지금 갖고 계신 통장만 해도 거래 한도가 백만 원이나 되는데 또 무슨 신규발급이 필요하냐, 하는 여직원에게 촌에 사는 늙은이는 통장 하나 더 갖고 있으면 안 되냐고, 어른한테 따지는 말버릇은 어디서 배워먹은 못된 버릇이냐고, 윽박지르다시피 해서 통장 하나를 더 만들었다. 만들면서, 가지고 있는 통장 잔액을 물었더니 삼백만 얼마라 했다. 촌에서 쓸데가 어디 있다고. 삼백만 원을 새 통장으로 옮겼다. 노인에겐 그게 전 재산이었다. 그러나 아깝지가 않았다. 오히려 한 푼이라도 더 못 넣어주는 게 미안했다.

통장을 받아든 손자가 더없이 좋아했다. 노인이 희미하게 웃었다. 참으로 오랜만에 들어보는 웃음소리였다. 통장을 들고 좋아하는 손자에게 노인이 물었다.

"그렇게두 좋으냐? 몇 푼 되지도 않은걸."

"할아부지? 이거 내 맘대로 해도 돼요?"

"그럼 그럼, 그러다 마다. 여게 비밀번호 적어놨다. 목돈을 옮겨다 노니께 카드도 만들어주더라. 어디 보자……. 그래 이기, 여가 있구나. 통장 읎이도 돈도 빼고 물견두 살 수 있단다."

덩실거리며 손자가 앞장을 서고 노인이 뒤따랐다. 핸드폰 가게였다. 늙은 나이에, 눈도 어둡고 어디 연락할 데도 없는데 핸드폰 같은 게 뭔 필요가 있냐고 했지만, 눈에 넣어도 아프지 않을 손자를 이길 재간은 없었다. 본인 인증인가 뭔가를 해야 한다고. 그러자면 '카톡'도 깔고 무슨 '앱'인지 '애비'인지도 깔아야 하는데 핸드폰이 없으면 안 된다는 거였다. 그래라, 그럼. 석이 니가 필요하면 필요한 게지. 우리 손주가 허투루 하겠냐. 그렇게 만들어진 핸드폰이었다.

쓸 데도 없었고 손에 댈 일도 없었다. 손자가 집을 떠나기 전까지는.

그렇게 봄날은 갔다. 꽃샘바람에 묻어온 민들레꽃이 명주바람을 기다리던 어느 날. 소년이 노인을 마주했다. TV에선 금년도 장마가 예년보다 길고 불규칙할 거라 했다. 지구온난화로 이상기후가 그 원인인데 극한 호우 피해도 예상된다며 재난에 대한 사전준비가 필요하다고 했다. 노인이 입맛을 쩝 다셨다. '오면 온다, 안 오면 안 온다. 둘 중 하난 디 그걸 하나 못 맞추구선 요란을 떠는감….' 노인이 시큰둥해 하자 소년이 리모컨으로 TV 전원을 껐다.

"저어……, 할아버지! 서울 좀 다녀올게요."

"서울이라구 혔냐? 니, 살던데?"

"네. 급한 일이 좀 생겨서……. 일 끝내면 곧 내려오겠습니다."

"일이 있다믄야 가 봐야지. 그래 뭔 일이냐? 이 할애비가 알아선 안 되고?"

소년이 머뭇거리더니 어머니 때문이라고 했다. 소년의 어머니라면 노인에겐 며느리가 되었다. 그가 온 후, 그러잖아도 궁금해서 몇 번을 물어본 적이 있었다. 그러나 손자는 그럴 때마다 '잘 계시니 걱정하지 마시라'며 자세한 얘기는 피했다. 이번에도 마찬가지였다. 그냥 어머니 때문이라고만 했지, 어디서 왜, 라는 말은 없었다.

Ⅰ. 폭우

소년이 떠난 노인의 집엔 다시 적막감이 찾아왔다. 그러나 예전과 같은 적막감이 아니었다. 예전엔 고요하고 썰렁했지만, 이번엔 썰렁하지 않았다. 집엔 생기가 돌고 그늘진 구석이 없었다. 다시 돌아올 것이라는 기대감과 무언가 새롭게 일어날 것 같은 예감이, 마치 새싹이 돋아나기 전에 땅거죽이 부풀어 오르듯 한 들뜸으로, 집안 곳곳은 생기가 돌았다.

노인에겐 이제 기다릴 것이 있었다.

하루가 저물어 이내가 아슴푸레 다가왔다. 예전의 노인 같았으면 한숨이나 푹 내뱉고는, 긴 밤을 또 어찌 보내나 걱정했을 거였다. 그러나 노인은 이내가 몰고 오는 노을이 반가웠다. 손자가 쓰던 방에 들어가 책상도 닦고 바닥도 쓸었다. 옷을 빨아 차곡차곡 개어놓았다. 먼지라도 쌓일라, 그 위를 보자기로 덮었다. 요대기가 배기지는 않는지 앉아도 보고 헐거워진 베갯잇을 다듬을 땐 손자 머리를 쓰다듬듯 했다.

책상 서랍엔 뭐가 들었나 보려던 노인이 무춤했다. 불빛이 번쩍! 하는 게 아닌가. 핸드폰이었다. 손자가 가지고 간 줄 알았는데 서랍 속에 있었다. 핸드폰을 집어 들려던 노인이 또 흠칫했다. 불빛이 번쩍일 때마다 따르륵거리며 요동쳤다.

진동소음이 가라앉자 노인이 핸드폰을 집어 들었다. 이리저리 살펴보던 노인이 난감한 표정을 지었다. 아무리 뜯어 봐도, 전화를 어떻게 걸고 받는지는 고사하고 그렇게 요동을 쳐댄 게 뭣 때문인지도 막연했다. 답답했다. 조바심이 나 견딜 수가 없었다. 이 전화를 아는 사람이라곤 손자뿐이었다. 그러니 전화할 사람 역시 손자 말고는 없지 않은가. 갸가 서울서 무신……, 화급한 일이 아닌 담에야 이 전화기를 쓸 일이……. 오죽 급했으면 전화기에 불이 나고 경기를 해댔을까.

노인이 핸드폰을 들고는 잰걸음을 쳤다.

노인을 맞은 장만수가 허허 웃었다.

"이 사람아! 사람 잡겠네. 뭔 일인지 어서 혀 봐. 그래 갸한테 뭔 일이 생긴 건 아니제? 올라간 지 울매나 됐다구."

"으르신, 이건 사람한테 온 게 아니라 문자네유. 요샌 뭘 사믄 이렇게 문자가 날아와유. 어디서 뭘 얼마나 썼는지, 쓸 때마다 날아와유."

"허! 밸 일두……."

"일종의 확인 절차쥬. 이래놔야 나중에 이의제기를 못 하거든유."

"그래, 뭐라 씨여 있나? 서울 같은 대처에서야 쓸 일두 많겠지."

장만수가 핸드폰 화면을 한참을 들여다보더니 슬그머니 껐다. 무슨 말인가를 하려던 그가 침을 꿀꺽 삼켰다. 놓친 게 있던지 핸드폰을 다시 켰다. 장만수가 눈살을 찌푸렸다. 글자가 작기도 했지만, 문자 내용이 꺼림칙했다. 이백만 원이 넘는 돈이 한꺼번에 지출되었다. 돈도 돈이었지만 지출처가 병원이었다. 잔액은 표기되지 않아 얼마가 남아있는지는 알 수 없었다.

노인이 초조한 표정으로 장만수를 쳐다봤다. 장만수가 얼른 눈길을 피하며 핸드폰을 껐다. 또 한참을 머뭇거리던 그가 마른침을 꿀꺽 삼켰다.

"별 내용두 없네유. 마트 가서…… 가만있자, 이게 얼마더라. 이, 이만 원 쓴 게 전부네유."

노인이 그제야 안심이 된다는 듯 마루에 앉았다. 노인을 바라보는 장만수의 눈빛이 흐릿했다. 가슴은 납덩이처럼 답답했다. 불쌍한 어르신……. 무슨 말을 더하랴. 속고 또 속고, 그렇게 속아왔으면 됐지 근본도 모르는 어린놈에게 '손자'란 허울에 또 당하다니! 말을 해줘야 하는데 이건 '아니다'라고. 그런데 그 한마디가 나오질 않았다. 아버지 같고 큰형님 같고, 그래서 더더욱 모진 말을 할 수 없는 그였다.

그날 이후 노인은 거의 매일같이 장만수를 찾았다. 그때마다 장만수는 똑같은 말만 되풀이했다. 걱정 마세유. 약국에서 타이레놀 하구, 이 뭐냐! 감기약이네유. 만칠천팔백 원. 으르신 이제 고만 오세유. 몸도 성치 않으시면서 우째 매일 오신데유. 매일.

  사실 그랬다. 첫날 병원비로 목돈 이백 얼마가 빠져나간 거 말고는 많이 써봐야 삼만 원을 넘지 않았다. 컵밥이라도 사 먹는지 편의점 지출이 대부분이었고 더러는 슈퍼나 마트였는데 그 역시 소소했다. 곁에서 보기에도 안쓰러운 쓰임새였다. 노인은 그저 장만수가 읽어주는 내용을 묵묵히 듣기만 했다. 그러나 그 속을 어찌 장만수인들 모르겠는가.

  노인의 발걸음은 늘 무거웠다. 경운기에 다친 발목이 욱신거려서가 아니라, 가끔가다 치받는 울화가 도져서가 아니라, 20년 만에 불쑥 나타났다가 홀연히 떠난, 손주 석이 때문이었다. 손주가 남기고 간 쇳덩이 핸드폰 때문이었다. 돈이 얼마나 쪼들렸으면 이천칠백 원이 뭔가 이천칠백 원이. 장만수 앞에서는 애써 버티던 눈물이 집으로 올 땐 기어이 바닥에 흘렀다. 차라리 한꺼번에 다 써버리고 연락이나 오지 말든지. 노인은 핸드폰 진동이 울릴 때마다 가슴이 덜컥 내려앉았다. 허이고 딱한 놈! 그렇게 심들먼 속히 내려올 일이지.

"그래, 이번엔 뭔 말인가. 할아버지 잘 있냔 말은 없고?"

장만수가 노인의 핸드폰을 받았다. 속옷까지 다 젖었지만, 핸드폰만큼은 뽀송뽀송했다. 핸드폰 문자를 들여다보던 장만수가 눈을 찡그렸다.

"별일은 아닌데……."

마른침을 꿀꺽 삼킨 장만수가 수건으로 얼굴을 닦았다. 노인이 장만수를 뚫어지라 쳐다봤다. 비에 흠뻑 젖은 노인보다 장만수의 얼굴이 더 곤혹스러워 보였다.

"별일은 아닌데, 돈은 좀 썼네유."

"울매나?"

"이십만 원이 좀 넘네유."

이십만 원이란 말에 노인이 기겁했다.

"뭐여? 이십만 원! 일이 났구나! 일이 생긴 겨. 허, 갸한테 뭔 일이 생긴겨."

"하이고 으르신도. 요새 젊은것들 한자리에서 몇십만 원, 그거 돈도 아니구먼유. 양주 한 병값도 안 되는 이 돈 이거, 넘 걱정 마세유. 자세히 보니 한자리에서 쓴 것두 아니구 여게 저게 흩어져 있네유."

장만수가 다독거렸지만, 노인은 고개를 절레절레 저었다.

"그게 무신 말인가 이 사람아! 이십만 원이 돈이 아니라니! 갸가 지금껏 쓴 걸 보구두 그런 말을 하는가? 갸한테 이십만 원이, 울매나 큰돈인지 몰러서 하는 말인겨!"

사실은 그랬다. 노인의 말마따나 지금까지의 지출문자엔 몇천 원 몇만 원이 고작이었지 단돈 오만 원을 넘긴 적이 없었다. 그래서 처음엔 액수를 줄여서 말할까도 생각했었다. 그러나 그러지 못한 건, 병원비 때문이었다. 처음에 지출된, 이백만 원이 넘는 병원비가 목에 박힌 가시처럼 늘 걸려있었다. 이렇게 해서라도 꺼내줘야 할 것 같았다. 무엇보다 노인은 알아야 할 일이었다. 언젠가는 알게 될 일이기도 했다. 노인의 말을 듣고 난 장만수가 더는 할 말이 없던지 애꿎은 핸드폰만 껐다 켰다 했다.

"가봐야겠네."

장만수는 노인이 집에 내려간다는 말로 들었다.

"가 봐야 쓰겄어. 야가 이거, 변을 당한겨. 잘못됐어. 허! 어째 여적 안 내려온다 혔드니, 일이 난 걸. 이 늙은 것이 그것두 모르구."

그때야 장만수가 아차 싶었다.

"가시다니! 어딜유? 서울유? 저 비가 안 보여유. 비도 비지만 어디 사는지 알기나 하구유. 내 그놈 봤을 때, 딱 사기꾼 냄새가 나더라니."

노인이 장만수를 노려보더니 더는 보기도 싫다는 듯 휑하니 일어섰다. 장만수가 애걸복걸하며 말렸지만, 노인의 화만 돋울 뿐이었다.

노인이 기차에 올랐다.
비는 쏟아지는 게 아니라 퍼부었다. 기상청의 말을 빌리자면 '극한 호우'였다. 생물이 숨을 쉬듯, 아무리 억센 빗줄기라도 쉬어 가며 쏟아져야 섭리인데 요즘 날씨는 제멋대로였다. 그래도 저 엄청난 빗줄기를 뚫고 올 수 있었던 것은 장만수가 데려다준 덕이었다. 노인의 고집을 누구보다 잘 아는 그였다. 설득해서 될 일이 아니라는 것을 알았던지 1톤짜리 봉고 트럭을 댔다. 손자의 주소도 한몫했다. 핸드폰에다 본인 인증을 하면서 주소는 서울 거주지를 기재했는데 그걸 눈 밝은 장만수가 찾아낸 거였다. 주소를 적어주는 장만수의 손을 노인이 꼭 잡았다.
"고맙네, 이 사람아! 여게 앉아 속이 타서 죽는 것보담야 물에 빠져 죽는 게 훨씬 날 걸세."
"웬걸유 으르신, 지가 같이 가 줘야 하는디 해필 낼이 건강검진이라. 암튼 조심혀서 댕겨오시구. 뭔 일 있음 바루 연락 주세유. 지가 말씀드린 대로 허믄 연결될 거구먼유. 휴대폰에도 주소 적어놨응께 잊지 마시구유."

떠나는 봉고차를 보면서, 더 멀리 떠나야 할 노인의 눈빛이 흐릿했다.

기차는 긴 터널을 지나고 있었다.

끝을 알 수 없는, 음험하고 긴 여정.

노인이, 손톱에 피를 흘리며 후벼 판 세월이었다.

노인은 생각했다. 이제 그 지긋지긋한 터널을 나올 때도 되었다고. 그러나 노인의 생각과는 달리, 터널은 계속되고 있었다. 무리했나? 비 오는 탓이지. 발목이 욱신거렸다. 가슴이 답답하고 불안했다. 야가 이거, 별일 아니어야 할 텐데. 노인이 조바심하는 사이에 기차는 청량리역에 도착했다.

빗발은 수그러들었다.

서울은 서울이구나!

역이고 길이고 하다못해 길짐승 숨어든 골목까지도 환했다.

"기사 양반. 여그까지 갈 수 있겠나?"

노인이 쪽지를 건네자 택시운전사가 눈을 지긋이 감았다.

"이쪽은 강동인데 비용이 꽤 나올 텐데요?"

"어여 가세. 빨리만 가주면 되네."

다행히 길을 잘 알고 있었던지, 아니면 노인의 독촉이 어지간했던지 택시는 일찍 도착했다. 눈이 어두운 노인이 더

듬거리자 택시운전사가 부축했다.

반지하 단칸방이었다. 온통 물바다였다. 그들이 내려서자 흥건히 고여있던 물이 철렁거리며 문지방에 올라섰다.

"하이구야! 이런 데서두 사네."

택시운전사가 문을 벌컥 열자 향초 냄새와 술 냄새가 확 풍겼다. 괴괴했다. 열린 문틈으로 노인이 뛰어들었다.

"아가, 아가! 어디 보자!"

손자였다. 장날 사 입은 반 팔 티에 카키색 반바지. 노인이 누워 있는 손자를 흔들었지만 축 처진 채 미동도 안 했다. 노인이 까무러치듯 손자를 안았다.

"어르신! 걱정 마세요. 술이네요. 하! 젊은 사람이 이거, 떡이네요."

택시운전사가 노인을 떼어냈다. 그제야 안심이 되었던지 노인이 방안을 둘러봤다. 노인이 눈에 티라도 들어갔던지 눈을 끔적거렸다.

상이 보였다. 사과, 배, 명태 등속이 올려진 제상이었다. 제상 앞으로 노인이 갔다. 지방을 든 손이 덜덜 떨렸다. 촛대에 비춰보던 노인이 아, 하는 탄식을 뱉으며 주저앉았다.

< 아버지 박진배 신위 >

더 무슨 말을 하랴! 빗줄기보다 굵은 눈물이 노인의 볼을

타고 흘렀다. 노인의 흐느낌을 감추기라도 하듯 밖에선 폭우가 쏟아지고 있었다.

빗소린가? 노인의 울음에 따라 흐느끼는 소리가 들렸다.

구석진 곳에서 웅크리고 있던 사람이 쓰러지면서 내는 소리였다.

온몸을 미라처럼 붕대로 칭칭 감고 있었다.

며느리였다.

"아버님, 죄송해요……."

온몸이 마비되기는 노인도 마찬가지였다.

넋이 나간 듯 멍하게 있던 노인이 탄식처럼 내뱉었다.

"허어! 미련한 것들……. 가자! 고만, 집으루 가자."

알몸

금붕어가 지느러미를 하느작거렸다. 하얀 바탕에, 주황색과 검은색이 뒤섞여 경광등처럼 반짝거렸다. 20촉 흐릿한 조명이 금붕어 뒤를 따랐다. 팔짱을 낀 채 내려다보고 있던 비너스가 희고 길쭉한 다리를 들어 올렸다. 금붕어가 그 희고 길쭉한 가랑이 사이를 숨이 멎듯 유유히 지나갔다. 그때, 유리 항아리로 된 어항 앞으로 여자가 뛰어들었다. 슬립 가운을 걸쳤지만, 훤히 다 보이는 알몸이었다. 터진 어깨선을 추스르며 그녀가 울부짖었다.

"엄마! 나 저 손님 못 받겠어."

"왜? 또……."

"저 새끼, 변태야!"

나도 모르게 웃음이 나왔다.

"너두 참……. 이런 데 오는 사람치고 변태 아닌 사람이 어딨냐? 이번엔 왜?"

마사지 업소였다. 종종 있는 일이었다. 손님은 수위를 높여가며 자극적인 손놀림을 요구했고, 종업원은 그 손놀림 요청을 들어주는 척하긴 했지만 나름대로 정해 놓은 선이 있었다. '된다, 안 된다' 옥신각신하다 결국엔 '돈'으로 타협점을 찾았다. 벌거숭이 손님이 5만 원짜리 지폐를 흔들어 보이면 마사지걸은 손가락 하나를 더 펴 보이던가, 아니면 손사래를 쳤다. 손사래를 칠 땐 수용하기 힘든 무리한 요구여서, 거절한다는 뜻이었다. 알몸으로 받는 오일마사지할 때면 흔히 볼 수 있는 광경이었다.

"다른 건 다 해주는데 연애는 안 된다고 해두, 딱 한 번만 하자며 개지랄을 떨어. 개 같은 새끼! 그게 얼마나 큰지 이따만 해."

"너는, 남자가 암만 싫어두 그렇지 말끝마다 욕이냐?"

하얗게 질린 얼굴로 봐서 그냥 웃어넘길 일은 아니었다.

난감했다. 사정이 좋을 때 같으면 그깟 손님 하나쯤 내쫓으면 그만일 일이었다. 형편이 너무 안 좋았다. 월세 70만 원을 두 달이나 내지 못했다. 전기, 통신요금 같은 공과금 내기도 벅찼다. 코로나 때문에 막힌 손님이 좀 풀리나 싶었는데 이건 어디가 어떻게 잘못된 건지, 줄어들기만 하는 손님이었다. 다른 영업도 마찬가지겠지만 마사지업은 유별나게 더했다. 아가씨가 바뀔 때마다 문자도 넣고 전단도 뿌려봤지만, 효과가 없었다. 피부염으로 얼룩덜룩한 몸뚱이. 한시도 편한 날 없이 긁어대는 겨드랑이와 사타구니였다. 그 몸뚱이하고 약속했었다. 뭔 수를 써서라도 삿포로에 데려가 온천욕을 시켜주겠다고. 다른 것도 아니고 수시로 부려먹는 몸뚱이와의 약속이었다. 그 약속을 지켜보겠다고 기를 쓰고 넣던 반짓계도 파투날 판이었다.

"살살 달래서 내보내. 그런 진상 손님이 어디 한둘이냐? 너두 힘들지만, 날 봐서라두 좀 참아라. 니 성질은 안다만 어쩌겠냐."

"나도 어지간하면 참겠는데 엄마가 들어가서 해결해. 난 안 들어가! 아니, 못 들어가!"

"벌거벗고 있는 손님방에 주인이 어떻게 들어가니? 우리집 사정 너두 잘 알잖냐. 잘못하면 쫓겨날지도 모른다는 거. 요새 손님 받기가 얼마나 어려운지 알면서 왜 이러냐?"

"엄마는 글쎄, 이거 봐! 저번 주에 산 새 옷이란 말야. 죄다 찢어놓고 뭐라는 줄 알아? 개새끼! 변태도 아냐. 변태 같으면 말이라도 들어 처먹지. 완전 또라이야! 사이코패스."

"너……, 정말 이럴래?"

울걱 화가 치밀었다. 이러면 안 되는데 하는 생각에 앞서, 명치 끝에서 송곳으로 찌르는듯한 통증이 밀려왔다. 딱성냥을 그어댔을 때처럼. 푸지직 하는 불길과 함께 노릿한 머리카락 타는 냄새가 났다.

원형탈모. 머리카락이 한 움큼 빠졌다.

한두 올 빠질 땐 그저 그러려니 했다. 지루성 두피염 때문에 그럴 거라고. 정확히는 지루성 두피염을 치료하는 '클로베타솔프로피오네이트'라는, 긴 이름만큼이나 독한 약성 때문일 거라고. 무심했으니 무시했다. 전조도 없이 들이닥치는 변고와 달리, 몸의 불균형은 냄비 뚜껑의 나사가 풀리듯 삐거덕거렸다. 그럴 때마다 무심히, 냄비 뚜껑을 휙 돌려 조여 쓰는 게 전부였다. 머리를 빗고 거울 앞에 섰다. 덜미가 허전했다. 고개를 숙이고 머리채를 돌리는 순간, 나도 모르게 아, 하는 탄식이 나왔다. 냄비 나사못이 빠져 달아났다. 못이 있던 자리가 뻥 뚫렸다. 휑뎅그렁한 구멍 속으로 한올 두올 머리채가 빨려들어 가더니, 나중에는 몸뚱이가 통째로 빨려들어 갔다. 어딘지 모를 깊은 심연 속으로. 그러나 그 끝 모를 어둡고 막막한 심연은, 태어나기 전 머무르다 온 어느 곳인 양 포근했다.

"얘, 너 진짜 모르냐?"
"뭘?"
"진짜 모르나 보네."

"……?"

"등잔 밑이 어둡다, 손톱 밑에 가시 든다 하더라만 넌 어쩜 그렇게도 태평이냐? 하긴 나도 첨 그 말 들었을 땐 긴가민가했다만. 니네 가게 알바로 뛰던 상미 개야 그렇다 쳐도, 우리 신랑 종배 씨야 어디 남 얘기할 사람이냐?"

"아니, 얘가? 뭔 얘긴데 그 꼴 보기 싫은 야옹이 년까지 끌어들이고 그래."

"그래, 좋다 좋아! 친구고 뭐고 **뺨따귀** 맞든 헛바닥이 뽑히든, 자, 한 잔 찌끄리고 얘기하자."

무실 오거리, 약지와 소지 사이에 자리 잡은 단란주점 '말리부'. 안쪽의 여자는 노랑 물을 들인 곱슬머리 파마로 체구가 작았다. 맞은편, 창 쪽의 여자는 어깨까지 머리를 길게 늘였는데 몸집이 거구였다. 안쪽에 앉은 여자가 글라스에 소주를 채우더니 앞으로 쭉 내밀었다. 그리곤 자신도 글라스에 쭉 따라 마셨다. 쟁반에 놓인 멸치가 바닷바람을 불러왔다. 비릿했다. 비릿함을 초장으로 꾹꾹 찍어누르는 안쪽 여자의 말을, 묵묵히 듣고만 있던 거구의 여자가 머리를 뒤로 젖히더니 꽈배기 끈으로 돌돌 묶었다. 똥머리로 틀어 올린 창 쪽의 여자가 손사래를 쳤다. 거울에 비친 얼굴이 초췌해 보였다.

길게 얘기할 것 없이 불륜이었다. 간통죄도 없어진 마당에 불륜을 고발하다니. '청하지 않으면 응하지 않는다'는 법리에 따라 피해 당사자만이 소를 제기할 수 있는 친고죄이긴 했으나, 벌금형도 없이 징역형으로만 다스려지던 죄목이 간통죄였다. 그토록 엄하던 죄가 형벌에서 빠진 이유는, 개인 간에 은밀히 이뤄지는 알몸거래까지 국가기관이 나서서 간섭할 필요가 있느냐는 것이었다. 이런 연유로 형벌에서 빠지긴 했지만, 간통은 여전히 비난받았다. 간통을 뿌리로 둔 불륜 역시 마찬가지였다. 아무리 고상한 말로 둘러대고 포장을 해도 불륜은 불륜일 뿐이었다. 지금 '말리부' 주인 민효신이 하는 얘기는 덧붙이고 덜어내고 할 것도 없이 불륜이었다.

그런데도 덤덤했다. 마치, 게임에 져서 다 털리고 난 다음, 게임기 앞을 바라보는 기분이랄까. 독해서도 아니었다. 사랑의 농도가 옅어져서도 아니었다. 거짓말일지도 모른다는 희망 섞인 기대가 있어서는 더욱 아니었다.

'그 남자와 수지가 붙어먹었다?' 사실일 것이다. 둘 중에 어느 한쪽을 모르면 모를까, 한 명은 남편이고 다른 한 명은 데리고 있던 종업원이었다. 수지가 남편을 꾄 건지, 남편이 수지를 꼬드긴 건지는 중요하지 않았다. 냄비의 나사못이 헐거워지기 시작한 건 수지가 '로뎀'에 오기 전이었으니까.

결혼. 사랑이 만개해서 피운 꽃. 그 꽃의 씨방에서 아들, 딸도 생기고 손자들도 열린다. '결혼'이란 단어 뒤엔 자연스레 '사랑'이란 말이 겹쳐지게 되는 것이다. 그래서 사람들은, 사랑이 없는 결혼은 불가능하다고 믿는다. 과연 그럴까? 사랑이 없는 결혼은 없는 걸까? 되물어 본다. 결혼한 사람들은 모두 사랑하고 있냐고. 대답은 간단했다. 사랑 없이도 얼마든지 결혼할 수 있고 가정을 꾸릴 수 있다고. 또한, 사랑이 꼭 육체적 결합을 전제로 하는 것만도 아니라고. 섹스 없이도 혼인 관계는 유지되고 부부로 살아갈 수 있다고. 그렇게 생각했다. 그렇게 믿었다.

"어때요? 선녕 씨. 저는 선녕 씨의 그림자로만 있어도 행복할 것 같습니다. 선녕 씨가 꿈꾸고 계신, 그게 뭐든 힘껏 도와드리고 싶습니다. 진심입니다."

그는 진지했고 나는 차분했다. 앞이 훤하게 트인 후포항엔 여객선 한 척이 들어오고 있었다. 멀리서 왔거나 그만큼을 어디로 갈 사람들이었다.

"저한테 흠이 많다는 건 압니다. 재혼인 주제에 할 말은 아니지만 그래도 선녕 씨가 뭘 하든 도와드리면 도와드렸지, 걸림돌이 되진 않을 거라고 맹세할 수 있습니다."

이 남자, 지금 나한테 프러포즈하는구나. 다분히 신파조

였지만 바닷가라 그랬던지 그의 말소리가 파도처럼 밀려왔다. 나쁠 것도 없지. 두 번 만났지만, 그 두 번이 다 달랐다. 장소나 시간이 아니라 사람이 그랬다. 마산인가, 어디 지방 경찰청 형사였는데 부하 직원의 비위에 휘말려, 대신 책임지고 물러났단다. 지금은 개인용달을 하는데 그건 부업이고 연체를 해결해 주던가 사람 찾아주는 일 같은 용역업무에 종사하고 있다고 했다. 만나서는 그렇게 들었는데 집에 와서 뇌어 보니 그게 전부는 아닌 것 같았다. 그런데 싫지가 않았다.

"저 역시 결혼을 안 했다 뿐이지 별의별 남자들을 상대하고 있는데 그래도 괜찮으세요?"

"뭐가 어떻습니까. 선녕 씨는 그저 사장일 뿐인데요. 손님방에 들어가는 것도 아니고 그냥 카운터에 앉아서 계산만 하시는…. 그래서 제가 더 필요하다는 겁니다. 저하고 결혼하면 막말로, 든든한 울타리 하나 생기는 거죠. 마사지업 그거, 나 같은 남자 없이는 힘들다는 거 잘 아시잖습니까."

사실이 그랬다. 마사지업이라는 것이 말로만 되는 장사가 아니었다. 업소의 생리상 말썽은 늘 있기 마련이었다. 요금이 터무니없이 비싸다느니, 아가씨 서비스가 엉망이라느니, 서비스를 다 받아놓고도 환불을 요구하는가 하면, 흐릿한 실내조명까지도 꼬투리를 잡았다. 심지어 어떨 때는 마사지걸한테 성추행당했다며 신고하겠다는 손님도 있었다. 이런 모든 시비는 주인이 해결해야 할 몫이었다. 말로 안 되면 완력을 써서라도 해결해야 했다. 그러려면 남자가 필요했다.

   그날따라 날이 쌀쌀했다. 한여름인데도 바람 끝이 서늘했다. 긴팔 블라우스에 레깅스 스타킹이 답답하지가 않았다. 바닷바람이 블라우스 깃을 스치며 소곤거렸다. 기회는 기다리는 것이 아니라 따라가는 것이라고. 따라가다 보면 행복이란 것도 만나게 된다고. 남자를 앞세우고 걸었다. 바닷바람이 그들 곁에 섰다. 등 굽은 해안선을 따라.

"넌 어째, 무심한 거냐? 포기한 거냐? 이 마당에 웃음이 나와?"
"그럼? 내가 엉엉 울기라도 할 사람으로 보이냐!"
"세상에……. 어디, 그 말이냐? 내 말이! 넌 속도 없냐고! 남편이란 작자가 다른 사람도 아니고 지가 데리고 있던 종업원 년하고 붙어먹었다는 데도 웃기만 하고 있으니. 수지란 년, 예쁘장하고 콜라병이긴 하더라만 그래도 그렇지."

   듣고 있자니 은근히 속이 뒤집혔다.
"야, 민 마담? 민효신! 근데 니가 왜 지랄이냐? 딩사자는 나야, 나! 뭐? 내 남편? 넌, 그 인간을 내 남편으로 보았냐? 걱정해서 얘기해 준 건 고마운데 거기까지다. 더는 이러쿵저러쿵 남의 일에 끼어들지 말라고. 속이 뒤집어져도 내 속이고 도낏자루를 품어도 내 맘이니까."

 길게 얘기할 것도 없었다. 결혼식은 했지만, 혼인신고는 안 했다. 겉모습만 부부였지 법적으로는 남남이었다. 그런 그가 불륜에 빠져 떠났다고 해서 탓하거나 아쉬워할 일은 아니었다. 남남인 채로 있다가 남남으로 헤어진 거 아닌가.

 집에 돌아오자마자 휴대폰을 꺼냈다. 연락처 목록에서 신팔수를 찾아 '차단'을 눌렀다. 손이 떨렸다. 신팔수를 다시 찾았다. '삭제' 버튼을 누르자 조금 진정되었다. 담담하고 당당했는데 별거 아니라고, 남들에게선 흔하게 일어나는 일이, 나한테도 일어났을 뿐이라고. 태어난 곳이 구파발 쪽으로, 고향이 같다는 민효신 앞에서는 태연했는데……. 집에 돌아와 보니 태연했던 게 아니라 태연한 척했던 것이었다. 혼인신고를 안 하고, 그래서 법적인 부부는 아니라고 해도, 썸을 타본 적도 없고 그 흔한 무인텔에도 한 번 들른 적 없는, 육체적 결합 없이 섹스리스로 살아온 무늬만 부부였던 사이라 해도, 한집에서 밥을 먹고 잠을 자고 숨결을 나누던 식구였다. 손바닥을 뒤집듯 한순간에 돌아서 버리다니! 배신이었다. 그러나 남편이 떠난 자리보다 종업원의 빈자리가 더 컸다.

2. 알몸

선미라는 아가씨가 있긴 했지만 이건 손님보다도 더한 상전이었다. 나이 마흔이 넘으면 업계에선 퇴물 취급했다. 마흔도 훌쩍 넘어, 쉰 살을 바라봤다. 아가씨들한테 툭 하면 '할매'라고 놀림을 받았다. 속이 넓어 그런 건지, 누가 '할매'라 놀리던 '할망구'라 깔보던 그냥 웃고 말았다. 순번이 돼서 제가 들어갈 차례인데도 다른 아가씨한테 양보하기 일쑤였다. 비 오는 날엔 관절염이 오고 바람 부는 날엔 통풍이 겹쳤다. 손님을 하도 접해서 얼굴만 봐도 안다나. '저 손님은 광대뼈가 튀어나온 게 성질 지랄 같겠어. 저 사람 눈 봐 봐. 황소 눈으로 부리부리한 게 마사지 받을 스타일이 아녀. 저 손님은……, 코 좀 봐. 코가 크면 그것도 큰데 그거 큰 사람치고 이런 데 와서 깽판 안 부리는 사람 봤어?' 등등, 손님 방에 들어가기가 그렇게도 싫은지 온갖 핑계를 다 갖다 붙였다. 그런 그녀를 데리고 있자니 차라리 내가 손님을 받는 게 낫지 싶을 때가 한두 번이 아니었다.

"여기 남원주 로뎀인데요. 3, 40대 중에 육칠이나 칠칠로 한 년 보내 줄 수 있나요? 저번에 온 애는 아들 생일 해준다고 집엘 간 지가 벌써 일주일쩬데… 아가씨 하나 있는 것두 건강검진이라나 뭐라나, 무슨 건강검진 받는 데 사흘씩이나 걸리는지."

 오래된 거래처였다. 마사지 업소 '로뎀'을 열면서부터였다. 사장이 누군지, 얼굴이 어떻게 생겼는지 본 적도 없고 알지도 못했다. 상호도 없고 주소도 없었다. 아는 거라곤 휴대폰 번호와 목소리뿐이었다. 휴대폰 번호는 몇 번 바뀐 적 있었으나 목소리는 늘 그대로였다. 이제까지 한 번도 펑크 낸 적이 없었다. 그만큼 믿었다.

 이쪽이 절박하다는 걸 알아서였을까. 대답에 뜸을 들였다. 6·7이나 7·7 같은 용어는 마사지 업소끼리만 통하는 은어였다. 예를 들어, 6·7이라고 하면 키 160cm 정도에 건당 시급을 7만 원 쳐준다는 말이었다. 시급 7만 원이면 후하게 쳐준 값이었다. 업소에서는 손님에게 15만 원을 받았다. 종업원에게 주는 돈이 절반에 가까웠다. 그 나머지 돈으로 업소를 운영해야 했다.

 속 모르는 사람들은 말할 것이다. 절반도 더 되는 돈을 손 하나 까딱 안 하고 날로 먹는 거 아니냐고. 그러나 그렇지가 않았다. 다달이 날아드는 고지서였다. 아끼는 법이 없었다. 물만 물 쓰듯 하는 게 아니었다. 한여름에도 보일러를 틀고는 한증막 속에서 살았다. 손목이 시큰거려서, 그래야 풀린단다. 겨울에도 덥다고 선풍기를 틀어댔다. 손님들 뒤치다

꺼리하다 보니 속에서 열불이나 못 배기겠다는데야. 손님한테 받은 스트레스를 뭐든 펑펑 써대는 것으로 풀었다. 그렇게 써대는 물값이요 전기료였다. 공과금 무게만도 버거운데 걸핏하면 비위 상한다고 펑크를 냈다. 그 펑크가 날 때마다 소개비를 물어야 했다. 전화 한 통에 만오천 원. 별거 아니게 여기겠지만 한 달에 몇십 통 넘기기는 일도 아니었다.

월세에 공과금에, 나가야 할 돈이 어디 그뿐인가. '먹고 입고 자고'를 다 해결해 줘야 했다. 쌀도 사고 찬거리도 조달해야 했다. 저질 진상 손님 하나 받아내자면 녹초가 되었다. 그걸 풀자고 사흘이 멀다 하고 주점을 찾았다. 게임에 미치고 도박에 빠졌다. 어디 한군데 미치지 않고서는 한시도 견뎌내기 힘든 생활이었다. 이래저래 버는 돈보다 쓰는 돈이 더 많은, 그래야 마음 편한 적자 인생들이었다.

"아가씨가 없나요? 페이를 더 주기는 힘든데……."

"여기서 소개해 준 아가씨, 그때 그 애가, 수지 아니었나요? 내가 알기론 걔는 시집 안 간 거로 아는데 딸린 애도 없고."

"아이고 사장님! 기억력도 좋으시네요. 수지 걘……, 그 애 말고 다른 애가 있었는데 그예 속을 썩이지 뭡니까. 숨겨 논 자식까지야 누가 뭐라나요."

항상 그렇듯 활기차고 애교 넘치는 여자가 받았다. 서울

어디쯤인 것만은 확실한데 어딘지는 알 수 없었다. 하긴, 알 필요도 없었다. 조건에 맞는 아가씨만 소개받으면 되니까. 이 바닥에도 '절차'라는 것이 있는데 종업원을 쓰자면 소개소를 통해야 했다. 가끔, 급할 때는 시간제 아르바이트를 쓰는 때도 있었지만, 말 그대로 가끔이고 아주 급할 때 아니면 소개소에서 보내온 아가씨를 고용했다. 그래야 아가씨들이 펑크를 내도 제때 보충해 주었고, 업소에서 필요한 물품, 그러니까 찜질용 수건이나 마사지 가운, 패드와 같이 기본적인 용품은 물론 보습제나 여성청결제와 같은 위생용품에서부터 비누나 일회용 칫솔, 치약, 면도기, 물티슈 등속의 갖가지 소모품까지 알아서 척척 대주었다.

"칠 나가는 애는······. 사장님도 아시다시피 요즘 애들, 좀 **빠졌다** 싶으면 클럽이나 밤무대로 나가지, 안마나 마사지 이런 힘든 거 안 할려구 해요. 대신 삼십 대 초반, 오짜리 중간이 하나가 있긴 한데···. 지 입으룬 일만 하게 해주면 좋다고 하는데 그래도 그렇지. 하루 이틀 쓸 것도 아니고 시급 일곱 개는 줘야 않을까 싶은데."

생각했다. 오짜리면 키가 150으로 작다는 얘긴데 손님들 취향도 까다로워졌다. 흔한 말로 '데리고 살' 것도 아닌데 늘씬하고 잘 생긴 아가씨를 원했다. 또 마사지란 것이 힘을 많이 쓰는 일이다 보니 작은 체구로는 버텨내기 힘들었다. 선뜻 대답을 못 하자 거부하는 뜻으로 알았던지 목소리가 들떴다.

"아가씨가 키만 작다뿐이지 얼마나 옴팡진지 몰라요. 근성이 있어, 뭘 시키든 야무지게 해내는 게, 성격도 아쌀해요. 내숭 떨고 감추고, 뭐 그런 거 없이 시원시원해요. 제가 어디 없는 말 하던가요?"

그렇긴 했다.

비너스의 가랑이 사이를 빠져나온 금붕어가 느릿느릿 미끄러졌다. 유리 항아리를 한 바퀴 돌고, 또 돌고……. 그러기도 지쳤던지 뿌리 그늘에서 쉬었다. 늘 보아오던 금붕어인데도 오늘따라 새삼스러웠다. 유연한 몸놀림에 엷은 지느러미. 모든 색을 빨아들이고 모든 빛을 토해내는 검정과 하양. 아주 작은 럭비공 모양을 한 녀석은, 그 검정과 하양을 온몸에 두르고 주황색으로 분장했다. 화려했다. 몸에 핀 얼룩이 저렇게도 아름답다니!

며칠 걸릴 거 같다던 아가씨는 이튿날 도착했다. 소개소 여사장이 말한 대로 키는 좀 작았지만 야무지게 보였다. 가슴엔 유리 항아리를 안고 있었다.

"금붕어예요. 새끼인데 이쁘죠? 캘리코 난주라고. 저는 그냥 '난주' 그래요. 강호금이라고도 한다는데 어느 나라 말인지 모르겠어요."

왜, 한 마리만 키우냐고 묻자 그녀가 오히려 의아해했다.

"난주잖아요, 난주. 참, 전 다금이라고 해요. 다금이."

그녀가 금붕어와 자신의 이름을 번갈아 불렀다. 얼핏 들으면 금붕어 난주와, 그녀의 이름 다금이 같은 말로 들렸다. 웃음이 나왔다. 그랬구나. 다금이……. 그녀는 지금, 금붕어 '난주'를 단순한 물고기가 아닌 자신과 어울려 지내는 짝꿍으로 여기고 있었다. 유리 항아리 속의 금붕어는 결코 한 마리가 아니라, 다금이란 아가씨와 한 짝을 이루고 사는 것이다. 그렇게 생각하자 코끝이 시큰했다. 금붕어가 휘저어놓은 물살이, 그녀의 몸에서 나온 외로움인 것 같아 나도 모르게 그녀를 꼭 안았다. 잘 왔다. 잘 왔어. 그래, 우리 잘 지내보자. 금붕어가 내뿜는 자잘한 거품들이 조금씩 커지더니, 바닷가의 포말로 밀려왔다.

"선녕 씨? 첫날밤인데 합환주 한 잔은 해야지?"

"난 술만 봐도 알레르기가 돋아."

일곱 살 아래였다. 일곱 살 아래인 남편이 공대해야 옳았으나 고리타분한 가부장제에 얽매여있는 인물이었다. 자연스레 반말로 오갔다. 신혼여행을 간 곳은 그가 프러포즈한, 내가 결혼을 승낙한 거기였다. 그 사이, 밤낮으로 긁어대는 물갈퀴에 시달려서 그랬던지 해안선의 등이 더 굽어 보였다. 하얀 포말이 해안선을 따라 꾸역꾸역 몰려 왔다. 갈매기 떼에 휩쓸려온 해풍이 수평선 너머 전설을 풀어놓았지만 다들 먹고 살기에 바빠, 그 전설에 귀 기울이는 사람은 없었다.

"여기 후포항에만 오면 늘 생각나는 게 있어. 꿈이 보여. 모든 꿈이 다 그렇겠지만 깨고 나면 허망하다 싶다가도 뭐라도 좀 꾸었으면 싶거든. 악몽이래도. 자주 오게 돼. 올 때마다 꾸는 건 아니지만."

이 남자, 오늘따라 왜 횡설수설할까. 빈말은 아닌 것 같았다. 남자가 속내를 드러낼수록 경계가 허물어졌다. 허물어진 경계만큼 서로에게 다가가 있었다. 그래도 그러지는 말아야 했는데……, 남자가 불을 끄고 여자의 몸을 더듬었다. 손끝이 떨렸다. 숨결이 뜨거웠다. 남자가 용광로가 되었을 땐 여자 몸도 거기에 녹아들고 있었다. 볼일을 다 본 남자가 불을 켰다. 그리곤 알몸으로 누워있는 여자를 빤히 쳐다봤나. 낯선 외계인을 보듯, 한참 동안 유심히 살펴보던 남자가 말없이 욕실로 들어갔다. 샤워하는지 때를 미는지, 남자는 거기서도 한참 동안 있었다.

그게 처음이자 마지막이었다. 남편과의 육체적 접촉은.

나도 남자를 원하지 않았지만, 남편 역시 나한테 잠자리를 요구하지 않았다. 서로 묻지도 않았다. 너무 뻔하지 않은가.

"당신 몸이, 왜 그래?"

"내 몸? 내 몸이 왜?"

"그게 뭐야, 흉측하게."

"흉측하지, 흉측할 거야."

"병원엘 가서 치료를 받아보던지, 여자 몸으로 창피하지 않아?"

"병원? 아마 당신이 찾아간 매음굴보다도 많을걸. 당신이야 한번 본 게 끝이지만 난 어떤지 알아? 병원 갈 때마다 의사한테 보여야 해. 집에 와서도 얼룩이 번진 건 아닌지, 박박 긁은 데 흉터는 안 남았는지 현미경 보듯 해야 하고. 알몸으로. 그런데 뭐? 창피하지 않냐고!"

독한 약 기운에 시달리던 몸이 결국엔 거부반응을 보였다. 머리카락이 빠지기 시작했다. 한올 두올 빠지기 시작하더니 근래엔 5백 원짜리 동전 크기만큼씩 빠져나갔다.

팔짱을 낀 비너스가 위태로워 보였다. 당장에라도 어항을 덮칠 것 같았다. 신팔수가 혼수품으로 가져온 거였다. 시간은 석고상에도 내려앉았던지 좀 바래 보였다. 그래도, 들어올 때의 희고 매끄러운 자태는 여전했다. 우먼센스 한 권을 발밑에 괸 다음 먼지를 털어냈다.

약 기운 때문일까 어질했다. 눈을 질끈 감았다가 떴다. 손님 방에 들어갔어야 할 다금이 아직도 서 있었다.

"너 정말, 엄마 죽는 꼴 볼려구 이러니! 없는 아양이라도 떨어봐. 안 됨, 거길 물고 늘어지던지. 이럴 때 선미 년이라도……." 하다가 입을 다물었다.

'망할 년! 그렇게 잘 해줬음 됐지, 막판에 가서 그런 덤터길 씌우다니.' 생각할수록 분하고 괘씸했다. 다금이하고 사이가 나쁜 걸 알면서도, 다금이 편만 들어준 게 잘못이라면 잘못이었다. '그래도 그렇지, 내가 저한테 해준 게 얼만데…. 도망가려면 제 물건만 챙겨가던지.' 쓸만하고 값이 나간다 싶은 물건은 죄다 쓸어갔다. 재킷이나 코트는 물론 운동화며, 피부에 바르는 연고까지, 하다못해 냄비에 있던 사골국물까지 페트병에 넣어갔다. 떠올리고 싶지 않은 기억을 지우며, 다금이를 강제로 끌다시피 손님 방으로 들여보냈다. 보내놓고 나니 가슴 한편이 싸해 왔다.

"사장님? 저어……."

"그래, 뭔데?"

"저어……."

우리 집에 오고 한 일주일쯤 지났을 때였다. 뜬금없이 '엄마'라 불러도 되냐고 했다. 엄마? 엄마라…. 착했다. 솔직하고 시원시원했다. 소개소 여사장 말대로 가끔가다 폭음하고 폭음할 때마다 난폭해져서 그렇지, 평소엔 얌전했다. 체구가 작다 보니 힘쓰는 게 달리긴 했지만, 남한테 지기 싫어하는 근성이 있어 한두 시간 마사지는 거뜬히 해냈다. 그런 그녀가 엄마라고 불러오다니. 그녀의 표정으로 보아 단순히 호칭만 '엄마'라 불러도 되냐고 묻는 건 아닌 것 같았다. 눈빛이 시렸다. 가만히 그녀의 눈을 들여다보고 있자면 맑디맑은 가을 강 한 폭이 흘러갔다. 난주라는 금붕어가 떠다니는. 내가 고개를 끄덕여 보이자 다금이 펄쩍 뛰며 안겼다.

"엄마!"

머리카락이 따스했다. 거웃을 만졌을 때처럼 말랑말랑했다. 다금이를 안고 있자니 일화 하나가 떠올랐다. 피식, 웃음이 나왔다.

남편의 부정을 일러준 민효신이 만나자고 했다. 따지고 보면 민효신에게는 아무 잘못도 없었다. 비슷한 유흥업에 종사하고, 같은 고향 친구로서 귀띔해준 죄밖에는. 죄랄 것도 없는 그걸 품고 있었으니 창피했다. 자격지심도 있었다. 일일이 변명하기 힘든, 변명해 봤자 자신만 비굴해지는 그런 자격지심 같은 거 말이다.

그사이 일들은 싹 잊은 듯, 민효신이 환하게 웃었다. 그녀가 데리고 간 곳은 '배부른산'이 겨드랑이쯤에 꿰차고 있는, 다 쓰러져가는 낡은 집이었다. 오방색 기가 제법 위세를 부리며 펄럭이고 있었다. 태극기도 함께 매달아 놓았는데 색이 어찌나 바랬던지 그냥 깃발로 보였다. 일주문이랍시고 서 있었으나 문짝 없는 대문에 불과했다. 그래도 무녀의 눈빛만큼은 단단해 보였다.

"허! 팔자 기구하구만. 돼지띠에 기해생이라……, 평지목이여!"

복채가 얼마란 말도, 어디서 왔냐는 말도 없었다. 백지에 써낸 '59. 11. 26. 10.'이란 난수표 같은 여덟 자를 뚫어지게 쳐다보기만 했다.

"허허벌판에 서 있어, 나무 한 그루 없는 허허벌판. 남편 복도 없고. 있어도 요절하겠어! 없는 게 낫지. 흉살이 일시에 든 게 아니라 연간에 꽉 박혀있으니……."

악담이었다. 그런데 그 악담이 듣기 싫지가 않았다.

"시월이라……. 꽃도 지고 잎도 지고, 가만있자…… 하!

그래도 자식은 복이 있네. 아들 하나!"

내가 무녀를 쩨려보자, 무녀는 무슨 뜻인지도 모를 고개만 끄덕였다. 황당했다. 아들이라니! 환갑 진갑 다 넘긴 나이에 자식이란 게 가당키나 한 소린가. 민효신이, 같이 오자고 한 게 미안했던지, 아니면 복채 10만 원 뜯긴 게 억울했던지 푸념을 해댔다. 1인당 점 값이 5만 원이란다. 민효신이 10만 원을 복채로 주면서도 이건 아니다 싶었던지, 자신의 운수는 '안 봐도 안다'라며 그냥 나왔었다.

"에이! 망할 점쟁이. 그래도 액막이굿 하란 말 안 해서 다행이다. 용하다고 소문났는데 그래, 그럴지도 모르겠다. 니 남편, 너 모르게 혹시 어디에다 자식새끼 싸질러놓은 거 아니냐? 하긴! 그럼 그게 니 남편 애지, 니 애는 아니지."

생산능력도 없어진 여자에게 자식이 만들어질 것도 아니고. 그때는 그렇게 돌팔이 점쟁이라고 무시해버렸었다.

이것도 운명인가. 딸이 생기다니! 아들이 아니라 딸이긴 했지만 그래도 용하긴 용한 셈이었다. 몇 달 후에 벌어질 일을 어찌 알고. 운명이라고 생각했다. 자식을 가질 팔자. 딸이면 딸이지, 수양딸이면 어떻고 친딸이면 어떠냐. 그래 크게 한번 벌이자. 온 시내가 떠들썩하도록 잔치를 열었다. '로뎀' 사장 지선녕이, 다금이를 딸로 삼는다고. 결혼식보다 더

성대하고 여느 돌잔치보다 더 크게 열었다.

    그렇게 얻은 딸이었다. 아무리 돈이 급하다 해도, 저 싫다는 걸 억지로 시키다니. 마사지 가게를 하면서 깨달은 게 있었다. 이런 데 종사하는 아가씨들은 너나없이 착하다는 거였다. 말투가 거칠고 도벽이 있고, 술과 담배에 절어 살긴 해도 심성은 고왔다. 술 한잔이라도 같이 기울이고 담배 한 개비라도 나눠 피워보면, 가슴 깊은 곳에 응숭그리고 있는 외로움과, 그 외로움이 빚어낸 감꽃 같은 향기가 노을처럼 스며들었다.

    다금이한테 물어본 적이 있었다.

    "얘? 넌 하고많은 직업 중에 하필 마사지냐? 힘든 건 그렇다 쳐도 사내놈들 뒤치다꺼리, 그거 어디 뱃 꼬여 견디겠냐. 밀린 월세나 끝내면 우리 모녀, 어디 칼국수 집이나 차리자."

    빈말이 아니었다. 말이 24시간 영업이지 이젠 지칠 대로 지쳤다. 간판도 내려야 할 판이었다.

    여경 두 명이 들이닥쳤다. 성매매 신고가 들어왔는데 확인을 해야겠단다. 그러라고. 얼마든지 뒤져보라고. 그날은 선미가 당번이었다. 손님이라면 질색하던 애였다. 그런데 웬걸, 휴지통에서 콘돔이 나왔다. 선미란 년은 어디로 튀었는지 그림자도 보이지 않았다. 그때야 신고자가 누구냐고 물었지만 봉인된 신고함을 열어 보일 리 만무했다.

영업장 폐쇄에 벌금 9백만 원. 현장에서 물증이 나왔으니 영업장 폐쇄 처분은 당연했다. 그래도 다행인 것은 벌금 9백만 원에 약식기소였다. 최소한 2천만 원은 넘을 것으로 생각했는데 많이 봐준 거였다. 신팔수에게 동종전과가 없다는 점이 참작되었겠지만, 아마 전직이 경찰이었다는 게 크게 작용한 듯했다. 그러고 보면 덕을 보긴 본 셈이었다.

그러거나 말거나, 멀쩡하게 잘 나가던 영업이었다. 결혼식을 올리고 난 후, 무슨 꿍꿍이인지 가게 명의를 신팔수, 자기 앞으로 하자고 했다. 뒤를 봐주겠다는 말이었으나 나중에 알고 보니 대가를 요구했다. 이름을 빌려주고 뒤까지 봐주고 있으니 월에 얼마를 달란다. 부부지간에 치사하긴 했으나 거래는 거래였다. 그런 명목으로 다달이 50만 원을 뜯어갔다. 사업장 폐쇄 명령이 떨어졌으니 어쩌면 잘된 일인지도 몰랐다.

명의를 바꿔서라도 업소는 계속해야 했다. 처음엔 다금이 앞으로 해주려고 했었다. 그런데 다른 건 다 '좋다'고 하던 애가, 명의 얘기가 나오자 고개부터 저었다. 세무서엘 가야 하는데 관공서라면 딱 질색이라며 말도 못 꺼내게 했다. 하는 수 없이 내 이름으로 했다. 영업종류는 마사지업에서 체형관리로 바꿨다. 상호는 그대로 써도 된다고 해서 '로뎀' 간판은 그대로 두었다.

  사업장은 그렇게 변경했지만, 문제는 돈이었다. 패물을 팔고 적금을 깨고, 일수까지 끌어들여 벌금을 내긴 했으나 월세 낼 돈이 없었다. 집주인에게 애걸복걸해서 얻은 유예기간이 석 달이었다. 보증금이 남았는데 무슨 경우냐고 따지자, 내 그럴 줄 알았다는 표정으로 부동산 월세계약서를 내보였다. '임차인이 월세를 2기에 걸쳐 미납할 경우 임대인은 이 계약을 해지할 수 있다'라는 조항이 가시처럼 박혀 나왔다. 매부리코를 한 노인이, 사정이 딱해서 인정상 한 달 더 봐주는 거라고 선심 쓰듯 말했다.

  허망했다. 빈털터리 벌거숭이. 빈 소주병만큼이나 늘어난 탄식 말고는 쌓아놓은 게 없었다. 매일 24시간을, 그 많은 손님하고 악다구니하고, 그 많은 종업원하고 씨름해댔지만, 갈라진 목청 말고는 변한 것도 없었다. 일수를 찍고 곗돈을 붓고 적금을 넣고 그렇게 아등바등 살아왔는데 남은 거라곤 밀린 월세에 연체고지서가 전부 아닌가.

  금붕어를 보고 있자니 눈물이 났다. 금붕어도 나를 보기가 민망했던지 자리를 떴다. 느릿느릿 날갯짓하며 다가가는 곳은 물 위도, 투명한 경계를 이룬 유리 벽도 아니었다. 뿌리 그늘에서 자리를 뜬, 금붕어 난주는 옹알이하는 어린애처럼 한 군데 딱 서서는, 날갯짓을 하느작거렸다. 그렇게 딱 한자리에 서 있던 금붕어가 무엇에 놀랐는지 후다닥, 요동쳤다. 어찌나 크게 요동쳤던지 내가 서 있는 데까지 물방울이 튀었다.

"아차! 이런……!"

벽시계를 봤다. 정해진 시간에서 한참이 지났다. 나왔어도 벌써 나왔어야 했다. 불길한 예감이 들자 다금이 들어간 손님방으로 뛰었다. 문짝을 두드려댔지만 조용했다. 문을 열어젖혔다. 휘청했다. 역한 구역질이 확 올라왔다.

"다금아!"

다금이 바닥에 내동댕이쳐지듯 쓰러져 있었다. 실오라기 하나 걸치지 않은 알몸이었다. 덥석 끌어안고 얼굴을 두드렸다. 미동도 없었다. 입을 벌린 채로, 눈을 뜨고는 있었으나 흰자위만 보일 뿐 동공이 없었다. 미친 듯 흔들어댔다.

"다금아? 애야 얘, 다금아……!"

다금이를 끌어안고 흔들어 깨우고 있자니 덜미가 서늘했다. 돌아다보니 구석진 곳에서 한 사내가 키득키득 웃고 있었다. 으아악! 하고 나도 모르게 뒤로 물러났다. 그 역시 아무엇도 입지 않은 알몸이었다. 입에 거품을 잔뜩 물고는 초점 없는 눈으로 이쪽을 바라보고 있었다. 사람이 아니었다. 갓 태어난 짐승 새끼처럼 몸뚱이가 흐물거렸다. 비로소 정신이 번쩍 들었다.

문밖으로 나가야겠는데 걸음이 떼이질 않았다. 엉금엉금 기어 간신히 나와선 휴대폰을 찾았다. 119인지 112인지 떠오르는 대로 눌러댔다. 저쪽에서 무슨 말인가 해왔지만 "살려주세요! 우리 다금이를 살려주세요!" 그 말밖엔 나오지 않았다.

눈물만 흐를 뿐, 손발이 마비되어 아무것도 할 수 없었다. 들여보내지 말았어야 하는 건데. '또라이, 사이코패스'라 했을 때 그 말을 알아들었어야 했는데……. 가까운 것일수록 소중하게 여겨야 했는데 무시하고 말다니. 아! 이 참혹한 일을, 저 불쌍한 것을…… 가여워 어찌한단 말인가!

갈가리 찢긴 다금이의 옷을 부여잡고 울어도 울어도 눈물은 그쳐지질 않았다. 혼절하기를 몇 번이나 했을까, 어찌 알고 왔던지 민효신이 나를 부축했다.

시신도 없는 영안실이었다. 이틀이면 된다던 부검이 늦어졌다. 눈물로 범벅이 된 신세 한탄이 듣기에도 처량했던지 경찰관이 흔들어 깨웠다. 경찰서 강력팀장이라며 서류를 내

밀어 보였다. 읽을 기미가 없자 그가 설명했다.

"먼저, 위로의 말씀 드립니다. 저도 안타까운 소식을 전하게 되어 송구스러울 뿐입니다. 따님 이름이…… 다금이라고 하셨죠?"

내가 고개를 끄덕여 보였으나 그는 서류만 만지작거리고 있었다.

"사인은 경추부 눌림에 의한 질식사로 나왔습니다. 피의자가 목을 졸라, 사망에 이르게 된 것입니다. 부검도 끝나고, 피의자…… 참, 피의자 말씀도 드려야겠네요. 피의자는 전형적인 사이코패스로 마약중독자였습니다. 마약검사 결과 양성으로 나온 거로 보아, 그날도 아마 약에 취해 그런 짓을 저지른 것으로 보입니다. 그런데 이런 말씀을 드려야 할지……."

서류를 봉투에 넣던 경찰관이 나를 쳐다봤다.

이번에도 고개만 끄덕여 보였다.

"부모님이 계시더군요. 시신은 그래서, 그곳으로 인계해 드리기로 했습니다. 한 가지 더, 혹시…… 알고 계셨나요? 돌아가신 따님이 남자라는 거."

잘못 들은 줄 알았다. 머리가 빠지다 보니 이젠 이명까지 생겼나.

2. 알몸

"무슨……, 남자라고 하셨나요?"

"네, 남자였습니다. 트랜스젠더로 성전환 수술을 받았더군요. 어디 싸구려 병원에서 야매로 했던지, 남자 생식기를 잘라만 내고 여성의 그건 만들지 않았답니다. 그래서 성관계는 불가능한 상태였고. 피의자는 그런지도 모르고 강제로 범하려다 이런 비극이 생긴 것 같습니다."

무슨 말인가 해야겠는데 아무 말도 나오지 않았다. 그럴 리가 없다고, 그 애가 얼마나 착한 딸인데 그럴 리가 있냐고. 남자라니!

멀리서 한 남자가 걸어왔다. 바람이 불 때마다 하느작거리던 옷이 한 겹 두 겹 벗겨졌다. 슬픈 표정을 한 남자가 웃어 보였다. 환영일까.

허허벌판에 한 그루 나무가 서 있었다. 알몸인 채로.

질식

휴……!

졸았나 보네. 꿈을 꾸다니. 며칠째지? 이틀이 지난 것도 같고 사흘이 지난 것도 같다. 아니, 시간은 이 집에 들어올 때 멈췄다. 여기가 고모네 집이란 것, 방엔 옷만 가득 널려 있다는 것, 그것 말고는 아는 게 없다. 그저 캄캄하고 답답하고, 손에 쥐가 날 정도로 불안할 뿐이다. 괜한 일을 해 가지곤……. 종이만 사다 주고 말았어야 하는 건데. 이 후지고 낡은 지하가 아니라, 바람도 못 찾아오는 곳으로 멀리 갔어야 하는 건데. 그 애 말처럼 영혼이 있는 건지도 모르지. 별도 되고 천사도 되는. 빛이 바랜 채 언제 떨어질지 모르는 천장에 매달린 모빌이 아니라 샛별 같은. 잘못되진 않았겠지. 손발이 좀 부자연스러운 것 말고는 잘못될 게 없는걸.

목소리가 들린다. 예수 아저씨다. 어제 오후에도 지나갔었다. 목소리가 들리는 시간에는 싱크대 환풍기 틈으로 노을이 진다. 날씨가 흐린가 보다. 번개라도 쳤으면……. 하늘이 깨져, 예수 아저씨 말처럼 버러지 같은 것들 다 쓸어갔으면.

심판의 날이 가까워졌도다. 회개하라! 아무리 심악한 죄라도 회개하지 않은 죄에 비하겠느냐. 속죄하고 사죄하라. 목소리가 카랑카랑했다. 거푸집에서 바로 꺼낸 쇠종처럼, 완행열차의 레일을 타고 오는 기적처럼.

집에 있을 '저기요'가 떠올랐다. 기억엔 그녀가 아버지의 세 번째 여자였다. 아버지 말마따나 교양있고 아는 것도 많아 보였다. 얼굴도 수더분했다. 눈가에 도드라진 검은깨 말고는 주름 한 점 없는 동안이었다. 아버지란 사람 재주도 좋지. 내세울 만한 거라곤 걸걸한 목청 하나뿐이면서 여자들은 무슨 수로 꾀어내는지. 정식으로 가족관계등록부의 '처' 난에 올라간 여자만도 셋이나 되었다. 그 세 명 말고도, 들러리 서듯 잠깐씩 살다간 여자들까지 합쳐보면 아마 그가 몰고 다니는 봉고 트럭에도 모자랄 거였다.

그러나 그 어떤 여자한테도 '어머니'라고 부른 적은 없었다. 아버지와 법적 부부관계에 있던 세 여자한테도 '엄마'라거나 '어머니'라고 부르지 않았다. 그냥 '저기요'였다. 저기요, 친구 생일인데 하룻밤 묵고 올게요. 저기요, 아부지 돌아오면 여기 도장 받아줄래요. 진학상담 자룐데 새로 온 담탱이가 완전 정부미라. 저기요, 고만 좀 할래요? 얘기 안 해줘도 저 애가 친동생이 아니란 것쯤 나두 안다구요. 어떤 때는 대들 듯이 쏘아붙이는데도 검은깨 자국이 조금 도드라져 보이는 것 말고는 싫은 내색을 하지 않았다.

생모는 없었다. 낳아준 여자는 도망갔다고 했다. 그냥 도망간 게 아니라 '버리고' 갔다는 거였다. '어째서?'라고는 물어보지도 않았다. 그럴 배짱도 없었고 그럴 가치도 없어 보였다. 아버지의 말에 따르자면 그녀는 '찢어 죽일 년'이거나 '찢어 죽여도 시원찮을 년'이었으니까.

어둡다. 자꾸만 동생이 떠올랐다. 그 애 뱃속도 이렇게 어둡겠지. 마디마디 끊어지다 못해 썩어 문드러져, 허물처럼 텅 비어있겠지. 아무리 둘러봐도 빛이 스며들 여지는 없었다. 완벽하게 밀폐된 방 두 개짜리 반지하였다. 창문이 있었던 흔적은 세 군데였다. 3단 접이식 침대가 놓인 침실. 주방 싱크대. 화장실. 이 세 곳 중 침실과 화장실 쪽창은 두꺼운 방수합판으로 덧대놔서 그냥 벽이었다. 그나마 외부와 소통된 곳은 주방 싱크대였다. 환풍기를 설치하다 보니 뚫어놓게 된 공간이었다.

그 빠끔한 틈으로 고물장수의 핸드마이크 소리도 들리고 예수 아저씨의 복음도 들렸다. 볕을 보는 건 운이 좋을 때로, 대부분은 어둡게 지내야 했다. 환풍기라도 있었으니 조각 볕이라도 쬘 수 있었다. 하루 24시간, 쉬지 않고 돌아갔다. 단 1초도 쉬지 않고 집안 곳곳에 배여 있는 어둠을 쓸어 냈다. 그런데도 어둠은 어디서 그렇게 많이 생겨나는지 끝도 없이 나왔다.

불을 켤까? 들킬 리도 없는데.

집주인은 고모였다. 고모가 들어오지 않는 한 누구에게도 들킬 일은 없었다. 스위치가 만져졌다. 볼록한 돌기가 손끝에 닿는 순간 반사적으로 흠칫했다. 이백이십 볼트라 망정이지 옛날 백 볼트 같았으면 넌 인마 벌써 죽었어. 이백이십은 사람을 밀어내지만 백 볼트는 거미줄처럼 착 감겨! 그걸 떼려고 달려들었다간 그놈도 감전되고. 그럼 물에 빠진 물귀신이네요. 허, 그놈 참. 말귀는 밝네. 암튼 이런 전기 이거, 아무나 건드리면 안 되는겨. 알겠냐? 앞으룬 고장이 나건 말건 당최 어리대지두 말어! 으른들한테 맽기고. 꼬맹이귀신은 저승사자도 안 데리고 간다더라. 거뭇하게 탄 콘센트선을 잘라내며 옥수수 아저씨가 웃었다. 고개를 끄덕하긴 했지만 이해가 되지 않았다. 센 거보다 약한 게 더 위험하다니.

기억에 제일 많이 남는 여자는 전에 있던 '저기요'였다. 초무침을 삼켰을 때처럼 뭐랄까, 톡 쏘면서도 시큼한 여자였다. 얼굴이 벌겋게 삿대질하다가도 조금만 풀어져도 헤헤 웃었다. 그녀가 집에 들어온 때는 초등학교 입학할 무렵이었다. 키도 컸지만, 목소리는 더 컸다. 아버지와 궁합을 맞춰보라면 걸걸한 목소리뿐이지 싶었다. 오살헐! 접시 하나 깼다고 일당에서 까? 그냥 확, 집구석에 불이나 싸지를까부다. 누런 미농지에다 침을 퉤, 뱉고는 쓰레기통에 버릴 것처럼 구겼다. 그러나 거기까지였다. 분을 참지 못해 길길이 날뛰기만 했지, 더는 어쩌지 못했다. 깨진 접시 조각을 쓸어 담으며 어렴풋이 본 글자는 무슨 계약서였다. 그러나 그 내용이 뭔지는 알 수가 없었다. 보여주지도 않았지만 봤다고 해도 어른들의 깨알 같은 약속 아닌가. 그 깨알을 뒤적여 뭘 알아내겠다는 건 매를 버는 일이란 것쯤은 알았다.

그렇게는 안 되지. 엄연히 당초 계약이란 게 있는데 당신 맘대로 그걸 바꿔? 여름이었다. 웃통을 홀홀 벗어 던진 아버지가 옥수수 껍질을 깠다. 그 곁엔 계약서에 매달린 여자가 옥수수알갱이 사이에 매달린 옥수수염을 따내고 있었다. 쪄낸 옥수수는 내일 새벽에 차에 실려, 일부는 동문시장 거래처에 부려지고 나머지는 골목골목을 나돌아다닐 참이었다. '자아, 옥수수 왔어요. 대학찰옥수수요! 쫀드기보다 찰지고 깨소금보다 고소한 대학찰옥수가 왔어요. 금방 솥에서 쪄낸 대학찰옥수수요!' 구닥다리 녹음기의 리플레이버튼을 껐다 켰다 하던 아버지가 더는 못 듣겠던지 소리를 꽥, 질렀다. 부릅뜬 도끼눈이 여자 쪽으로 향하는 게, 녹음기 잘못이 아닌 건 분명했다.

첨에야 나도 몰랐으니 그렇게 했지. 오빠도 생각해봐. 저 애 저거, 하루라도 견딜 수 있냐고! 뭔 소리야? 내가 분명 말했잖아. 애들 둘이라구. 둘러대긴. 그냥 둘이라고만 했지, 어디 저렇게 하루종일 징징거리는 줄 알았어! 온몸 사지가 뒤틀려 발악하는 걸 뭔 수로 수발하냐고? 내가 무슨 간호사에 보모도 아니고. 그래서? 간다 이 말여 지금. 갈라믄 가! 잔금 정산만 해준다면야 더 있겠다고 사정을 해두 내보낼 텐게. 무슨……, 뭔 남자가 말도 못 꺼내게 해. 내 말은, 쟬 어디 시설에다 맡기잔 말이지. 그럼 쟈도 정식으로 된 치료도 받고, 요새 우리나라 시설이 얼마나 잘 돼 있는 줄 알아? 하! 이 여자가 이거. 누가 그걸 몰라! 쟈가 벌어주는 돈이 얼만 줄이나 알고 그딴 소리여! 이 집 네 식구 배곯지 않고 이만큼 사는 건, 다 쟈 덕인 줄만 알어! 그놈의 시설 소리, 한 번만 더 지껄여봐라. 확, 그냥.

둘이 다툼만 했다면 동생이 빌미였다.

동생은 류머티즘 관절염을 앓고 있었다. 배냇병인지, 커 가면서 생긴 병인지는 알 수 없었다. 분명한 건 그 병이 지독하다는 사실이었다. 어느 한 부위만 아픈 게 아니라 온몸의 뼈마디란 뼈마디가 쑤셨다. 그녀 말로는 칼로 쪼개고 송곳으로 찌르듯 고통스럽다고 했다. 차라리 호랑이한테 물어뜯기는 게 나을 거라며 얼굴을 찡그렸다. 오한이 오는지 덜덜 떨면서 주먹을 쥐었다 폈다 했다. 그게 신호였다. 으으으! 쪼그려 앉아선 폐부를 긁어대는 듯한 신음을 냈다. 공처럼 온몸을 동그랗게 말고는 침대 바닥을 굴렀다. 시간이 정해진 것도 아니었다. 초기엔 아침에 통증이 왔으나 요즘은 수시로 아파했다. 한 삼십 분이나 한 시간가량을 앓고 나면 물에 빠졌다 나온 듯 온몸이 젖었다.

이해되지 않는 일은 그 후였다. 그런 극심한 고통을 겪고 나면 보통은, 진저리가 쳐져 우울증에라도 걸릴 일인데 오히려 그 반대였다. 앓고 나서는 언제 그랬냐 싶게 돌아다녔다. 시멘트못에 이마를 박은 적이 있었다. 피가 흐르는데도 그냥 씩 웃고는 옷걸이에 스웨터를 걸었다. 아프지 않니? 피가 나는데. 이 정도야 뭘. 너두 아파 봐.

발에 뭔가 툭 차인다. 숄더백이다. 에코 재질의 아이보리색. 그 안에 뭐가 들었는지는 눈감고도 훤하다. 필터 마스크, 달팽이 크림, 화장용 티슈, 오버나이트 생리대, 입생로랑 케이스에 담긴 아이펜슬과 립스틱. 가만, 스마트폰이 만져지지 않는다. 켜볼까? 침을 꼴깍 삼킨다. 모래알이라도 섞였는지 머뜰거렸다. 아냐, 그래. 잘못했다간 위치가 들통날 수도 있어. 경찰에 신고가 들어갔을지도 모르고. 꼬치꼬치 캐묻던 문구점 주인이 신고했을지도 몰라. 경찰 아니라도 찾을 사람은 있지. '저기요'도 있고 아버지도 있고. 그래, 아버지라면 다짜고짜 몽둥이부터 집어 들걸. 손님마마도 피해 간다는 옥니박이 고수머리 아닌가.

뭐라고 변명할까? 걔가 그냥 시키는 대로 했다고. 한 번만 도와달라고 애걸하길래 어쩔 수 없이, 정말로 어쩔 수 없이 도와줬다고 하면 믿을까? 믿을 리 없지. 몸도 가누기 힘든 산송장 같은 걸 묶어? 묶으면 어찌 될 줄 알고! 아무리 철이 없기로, 할 짓 안 할 짓이 따로 있지. 문지방도 못 넘어 허우적거리는 지 동생을, 저 지경으로 만들어놔! 인정머리라곤. 그래, 너두 한번 당해봐라, 이년.

입술이 타들어 갔다. 어제 지나갔던 예수 아저씨가 오지 않는 이유도 그래서 그런지 모르겠다. 마귀를 잡아야 한다고 집으로 쫓아갔는지도 몰라. 뉴스에 나왔겠지. 방송이라고 가만있을까. 만성 류머티즘 다발근통에 시달리던 한 어린 소녀가, 죽음 직전에 극적으로 구출된 사건이 발생했습니다. 놀랍게도 용의자는, 한집에 사는 언니로 밝혀졌습니다.

그렇지, 그렇게 밋밋할 리가 없지. 시청률만 오른다면야 풀잠자리알도 우담바라가 피었다고 우겨댈 자들인데. 병마에 시달리던 어린 동생을 학대하던 끝에, 질식사시키려다 미수에 그친 끔찍한 범행이, 벌건 대낮의 도심에서 자행되었습니다. 결손가정의, 무관심한 부모와 사각지대에 놓인 교육당국의 민낯이 그대로 드러난 충격적인 사건이 아닐 수 없습니다. 선거도 끝나 잠잠하던 차에 엔딩멘트로 써먹기엔 제격 아닌가. 우리나라 청소년 범죄율이 해마다 증가하는 추세에 비춰볼 때, 정부 당국의 획기적인 대책이 시급할 것으로 보입니다.

  저런 못돼먹은! 불쌍한 어린 동생을……. 하면서 많은 사람이 손가락질하겠지. 그 사람들은 겪어봤을까. 뼈마디 마디마디를 송곳으로 쪼아대는 듯한 통증을. 전기에 지져진 뱀장어처럼 온몸이 경직되어 부들거리다 혼절해버리는 고통을. 어디 한군데 다치지 않고 멀쩡한 것이 반갑기는커녕, 언제 또 찾아올지 모를 두려움에 떨어야 하는 불안을. 위대한 기적은 물 위를 걷는 것이 아니라 땅 위를 걷는 것이라는 것을, 알기나 할까.

  비라도 퍼부었으면……. 빗물에 다 쓸려 보낼 텐데. 덥다.

그래도 숨어있을 곳은 여기뿐이다. 낯내기를 좋아하는 고모였다. 남 앞에 서면 괜히 으스대고 똥폼을 쟀다. 그래서 그런지 옷도 많다. 한 해 한두 번 들르곤 하는 고모였다. 가끔이긴 했지만, 가끔이어서 그랬던지 치장이 별났다. 화려하게 잘 차려입은 그녀를 볼 때마다 잘 사나 보다 했다. 방 두 개짜리 전세살이하는 우리보다는 열 배는 더 잘 살 거라고. 그런 우리보다 열 배는 못 살다니.

허리를 좀 펴 보려 해도 일어설 수가 없다. 2단 행거를 앞뒤로 세워놓았는데 옷들로 빼곡 찼다. 벽에 붙은 행거엔 겨울옷이, 방 한가운데 행거엔 봄가을 옷이 한 치 갈피도 없이 걸려있다. 다행히 아랫단에는 바지들을 걸어놓아 틈이 좀 났다. 실오라기 같은 바람이 그 틈바구니를 헤집고 들어와 콧등을 핥았다.

위층에서 물 흘려보내는 소리가 주르륵, 난다. 시원하겠네. 배수구로 떨어지는 물소리가 경쾌했다. 물소리를 들으니 더 답답했다. 탈탈거리긴 했지만, 그런대로 돌아가는 선풍기였다. 시원한 정수기 물도 있었지. 행상을 마친 아버지가 어쩌다 보석바 아이스크림이 든 비닐봉지를 던져준 적도 있었고. 집이 그리웠지만 돌아가고 싶은 맘은 없다. 그저 두렵고 겁날 뿐이다.

3. 질식

계약기간이 다 찼던지 목소리 걸걸한 '저기요'가 떠났다. 어떤 기척이나 조짐 없이 몰래 빠져나간 전의 여자들과 달리, 그녀의 이별은 시끌벅적했다. 떠나기 일주일 전엔 안면을 트고 지내던 노인들을 불렀다. 눈발이 펄펄 날렸다. 아무도 오지 않은 음식상 앞에서 여자는 신경질을 부렸다. 사람 성의도 모르고. 망할 노인네들! 덕분에 며칠간 호식한 건 식구들이었다.

또래 여자들이 불려왔다. 노인들에게 당한 경험이 있어서인지 이번엔 한 명씩 끌고 오다시피 했다. 약간의 떡과 귤, 감말랭이 등속의 간식에 맥심커피가 전부였지만 수다 떨기엔 넉넉했다. 이 년간의 고용살이를 청산하고 보니 감회가 무량해서였을까. 금강송을 통으로 쪼개서 만든, 반달 모양의 다탁 위엔 그녀의 호쾌한 입담으로 넘쳐났다. 다음에라도 내 전화번호 알지? 꼭 찾아와! 내사 애틋한 정 하나 없이 떠돌다 보니, 일성호가에 애 끓일 일도 없는 부평초 신세지만 자네들은 여기다 심지 박은 사람들 아닌가.

그녀의 얼굴은 기억나지 않는다. 그러나 그녀가 남기고 간 선물은 지금도 남아있다.

잘 있그라잉! 뭣하믄 니 동상 치워뿔고. 야가, 내 말이 뭔 말인지 못 알아 듣겄냐? 느 아부지 걸핏하면 손찌검 아니냐?

누가 장돌뱅이 아니랄까 봐 쌍욕은 입에 달고 살고. 동사무소에다 찔러. 나중에 발뺌 못 하게 휴대폰 다 녹음 떠놔야. 니도 니 길 찾아가야제. 그러면서 그녀는 뽀뽀했다. 지금도 귀에 쟁쟁하다. 뭣하믄 확, 찔러부러야. 그녀가 남긴 입맞춤 자국은 아직도 이마에 화인처럼 박혀있다.

벽 너머에도 누가 사는지 소리가 들린다. 설거지하는 소리다. 개수대에서 냄비랑 수저가 부대끼며 덜거덩거렸다. 물소리가 요란한 것도 잠시, 곧 조용해졌다. 배가 고프다. 아점으로 식빵 한 조각 먹은 게 다다.

문 열기가 귀찮아서였는지, 혼자 사는 처지에 가릴 게 뭐 있냐고 생각했던지, 옷방엔 문이 없었다. 옷방이나 주방이나 한곳이었다. 크롬으로 도금된 냉장고가 진줏빛으로 빛났다. 지저분하긴. 냉장고 안에는 유통기한이 지난 것들뿐이었다. 월은 황토색 라벨만큼이나 오래됐고 바나나우유는 밀봉이 뜯겨 있었다. 젓가락질로 들쑤셔진 김치통을 열자 시큼한 냄새가 코끝을 찔렀다. 허옇게 퍼진 골마지가 설금설금 나올 것 같아 얼른 덮었다. 냉장고 문을 닫을까 하다 꽤 큼직한 통이 보였다. 오이소박이였다. 담근 지 얼마 안 됐는지 싱싱했다. 깨금발로 살금살금 걸어 개수대에 갔다. 수돗

물에다 오이 속에든 양념을 씻어낸 다음 조심스럽게 깨물었다. 수돗물의 표백 향과 오이 고유의 풍미가 섞여 그런대로 먹을만했다. 물기를 털어내곤 나머지 오이를 포일에 둘둘 말았다.

돌아와 보니 스마트폰에 불이 들어와 있다. 응? 분명 꺼져 있었는데. 저절로 켜졌을 리도 없고. 아마 가방을 뒤적이면서 실수로 전원버튼을 눌렀나 보다. 구닥다리, 바꿔줄 때도 되었지. 동생의 말처럼 기억나지 않을지도.

넌 사는 게 두렵지 않니? 잊힐 만하면 찾아오는 고통이. 언제 끝날지도 모르는데, 언제 찾아올지도 모르는데 겁 안 나니? 작은 럭비공 모양의, 어린애가 삼키기에는 너무 커 보이는 주황색 알약 조피린정과, 타이레놀 같은 진통제를 건네주면서 물어본 적이 있었다. 어린 것이, 그때만큼은 야무지게 대답했다. 그렇게는 못 살지. 언니도 겪어봐. 까맣게 돼. 데굴데굴 구르고 머릴 쥐어뜯고, 미치는 거지 뭐. 그냥 까매. 아니, 하얘져. 휴대폰 다운됐다고 난리부르스 쳤잖아. 그때 같이 까매졌다간 하얘져. 복잡하게 생각이란 걸 뭐하러 해. 그린 기 없이도 잘만 사는데. 언니도 그러잖아? 깜방에서 죽치곤 기껏 둘러댄다는 게 친구 생일. 상갓집 찾아다니는 아빠야 대전도 가고 광주도 가고 하지만 언닌 맨날 재석이 누나잖아. 그녀의 눈동자를 정면으로 마주 본 건 그때였다. 무서웠다. 두렵기도 했다. 나이 어린 동생이라고 하기엔 너무 어른스러웠다. 무심히 쳐다보는 그녀의 동공 속으로, 영혼이 쭉쭉 빨려 들어가는 것만 같았다. 환풍기 날개에 걸린 연기처럼. 고통으로 단련된 그녀에게는 가식이란 게 없었다. 하긴, 무엇을 감출 건덕지라도 있어야 말이지. 죽음보다 치떨리는 고통인데, 그걸 이겨내는 데만도 사력을 다해도 모자랄 판에. 그녀는 순백이었다. 설원 한복판에 알몸으로 서 있으면서도 추위를 타거나 무서워하지 않았다. 그때 알았다. 알몸이 무섭다는 걸. 벗을수록 강해지는 리니지의 여전사처럼. 강한 것보다 약한 것이 위험하다는 옥수수 아저씨의 말이 떠올랐다.

검은깨 여자 '저기요'가 들어오자 집에 변화가 왔다. 우선 아버지부터가 조용해졌다. 난전이나 골목을 다니며 장사하다 보니 목소리는 컸다. 자신도 모르게 나오는 고성을 어쩌진 못했다. 대신 말하는 횟수가 줄었다. 전에는 시시콜콜 간섭하고 요모조모 따졌었다. 지청구가 없어졌다. 나이 차이도 있었다. 그녀의 나이가 다섯 살이나 많았다. 아버지는 그녀를 누님 정도로 여기는 듯했고 그녀 역시 고3 엄마처럼 도

시락을 쌌다. 말 꺼내기도 전에 그녀가 알아서 해놨으니 아버지로선 말해봐야 군말이었다. 그러나 그래서 그런 것만은 아닌 것 같았다.

그녀가 들어오기 전날, 아버지가 말했다. 너들, 조심혀야 된다. 너들 새엄마, 인테리여. 우리나라 굴지의 H기업에 다니다 날 만난겨. 아는 것두 많고 교양 넘치는 여자니께, 특히 큰애 너! 알겠냐? 저번 엄마들한테 하듯 했다간 혼날 줄 알어. 야들이! 지 애비가 말을 함, 대답을 해야 할 거 아녀. 알것냐? 그땐 할 수 없이 야, 하고 말았지만, 그 '굴지의 H기업'이란 데가 어디인지 늘 궁금했었다. 곰곰이 생각해보면 아버지가 조용해진 건, 그녀의 '학식 있고 교양 넘치는' 대기업 출신이란 신분 때문인 것 같았다. 그러잖아도 다들 장돌뱅이라고 은근히 업신여기는 마당에, 교양 넘치는 아내 앞에서야 조심스러웠겠지. 그러니 아예 말수를 줄여 화근을 없애자는 속셈이었을지도.

한참 뒤에, 고모한테 들은 얘기가 재미있다. '굴지의 H기업'이긴 하되 H기업이 아니라 H기업의 곁가지에 붙은, 이름만 같은 H보험사였단다. 그 보험회사 정직원도 아니고 계약직 아르바이트였다며, 느 아부지가 그러던? H기업에 다녔다고. 호호, 눈깔이 삐어도 그렇지, 대기업 직원이 지랄 열쳤다고 느 아부지 같은 떨거지 장돌뱅이한테 시집오겠냐? 소도 웃겄다. 고모랑 웃어본 적은 그때가 처음이었다. 그렇게 지나갔다. 보험, 더구나 생명보험이 뭔지도 몰랐으니.

어쨌건 우리한테는 잘해줬다. 다른 어떤 여자들보다 살갑게 대해줬다. 까무러치기 일쑤인 동생이었다. 통증이 올 걸 예상하듯 미리 약을 먹였다. 병원에서 처방받은 약 외에도, 민간 약제를 손수 지어 먹였다. 얼마나 썼던지 처음엔 얼굴부터 찡그리던 동생이, 몇 번 먹어보고는 자진해서 입을 벌렸다. 신통했다. 약효가 저렇게만 꾸준하다면 완치까지도 바라볼 정도였다. 그랬는데…….

입이 탔다. 입술에 침을 발랐지만, 불똥 맞은 솜뭉치처럼 타들어 갔다. 가슴이 울렁거리고 속이 매스껍다. 수도꼭지를 틀고 헛구역질을 했다. 오이가 상했었나 보다. 황급히 가방 지퍼를 연다. 디스플러스. 기름걸레처럼 쪼그라든 폐가 혐오스러웠다. 경고 문구는 더 혐오스러웠다. '폐암 위험, 최대 26배! 피우시겠습니까?' 26배? 몸뚱이가 둘이라면 증명되겠지. 평생 골초로 살던 아흔 넘은 노인이 건강검진을 받았는데 폐만 멀쩡하더란 얘긴 왜 쏙 빼먹고! 가스레인지를 튼다. 파란 불꽃이 파르르 떤다. 한 모금을 쭉 빨아당기자 매캐한 연기가 갈퀴처럼 목구멍을 긁었다. 숨을 참고 꿀꺽 삼킨다. 폐부 깊은 곳까지 얼얼해진다. 환풍기의 소용돌이 속으로 빠져나가는 뿌연 담배 연기. 가슴 깊숙한 곳에 숨어있던 무엇이었다. 무엇일까. 영혼? 아니면 의식이나 양심? 꽈리가 터지라 들이마신 다음, 뱃가죽이 들러붙을 때까지 내뱉는다. 가슴 깊은 곳에 무엇이 들어있는지는 몰라도, 있으면 있는 대로 다 날아가라고.

그게 그렇게도 힘드니? 약도 좋아졌고 몸도 나아진 거 아니었어? 뭣 하러 이렇게 힘든 짓만 골라 하냐? 친동생이 아닐진 몰라도 동생은 동생이었다. 입을 벌린 채 축 늘어져 있는 그녀가 안쓰러웠다. 눈가엔 눈물이 촉촉했다. 스스로 목을 졸랐다. 양손으로 힘껏 졸랐다. 작은 몸뚱이 어디에 그런 힘이 있었는지 힘줄이 터져라, 졸랐다. 죽었다. 제 목을 제가 졸라 죽다니! 그렇게 죽은 듯 축 늘어졌던 몸이 움찔했다. 곧이어 숨을 푸우, 들이쉬곤 눈을 떴다. 벌써 몇 번째인가. 고만해라. 고통이 끝에 다다르면 평온해진다더니, 그렇게도 죽고 싶냐? 쇼할 거면 꼰대 앞에서 하던가. 널린 게 비닐봉투인데 그걸 뒤집어쓰던지.

말은 그렇게 했지만 안쓰러웠다. 얼마나 힘들면 숨통을 끊겠다고 자기 목을 조른단 말인가. 그러나 그 짓도 얼마 못 가 포기해야 했다. 손이 퉁퉁 부어오르더니 손가락이 뒤틀렸다. 숟가락 들기도 힘겨워 보였다. 하루가 다르게 심해졌다. 심상찮았다. 아무래도 약 때문인 것 같았다. 뜨내기처럼 가끔 들리는 아버지였다. 제일 먼저 알아야 할 사람이었지만 얼굴조차 보기 힘들었다.

저기요, 저기……. 왜? 할 말 있음 해야지. 저기, 쟤 은영이……. 왜? 또 죽는다고 하데? 칠칠맞긴. 죽기가 그리 쉬움, 세상에 사람 씨가 말랐게! 좋아졌다가도 나빠지고, 나빠지는가 싶다가도 언제 그랬냐 싶게 낫는 게 병이여. 고질병 고치기가 그렇게도 쉬움, 의사들 다 굶어 죽었게. 병원 약만 먹이면 안 돼요? 하려다 그만두었다. 그 약 만들라고, 돈이고 공력이고 들인 게 얼만 줄 알기나 하냐. 한두 번 들어본 대답인가. 팔자에도 없는 딸내미 병치레에 내가 먼저 가겠다. 그래두 심심하진 않아서 좋다. 쟈 저런 활극을 어디 가서, 돈 주곤들 보겠냐.

얘기한 게 잘못이지. 한집에 산다고 다 식구는 아닌걸. 그래도 누구한테든 알려야 할 것 같았다. 동생을 위해서가 아니었다. 그냥 뒀다간, 그래서 그녀가 잘못되기라도 한다면 '아무것도 안 한 죄'에 두고두고 시달릴 테니.

전화를 걸었다. 그래도 한때는 한솥밥을 먹은 처지 아닌가. 뼈에 새길만 한 조언은 아니라도 뭔가 한마디쯤은 해주겠지. 저기요! 상의할 게 있어서요. 걸걸한 목소리가 받았다. 상의? 앤. 상의는 같은 처지에서 하는 말이지. 드릴 말씀이 있다던가, 여쭤볼 게 있다던가 그렇게 말해야지. 네. 드릴 말씀이 있는데요. 뭔 일인진 몰라도 다급하긴 한가 본데, 어쩌냐? 난 니덜하군 더는 엮이고 싶지 않다. 날도적 같은 니 애비랑도 계산 다 끝냈고. 그래두 저어……. 니 동생 얘기라믄 니덜 고모 있잖냐. 거 물어봐라. 헛바람이 좀 들어서 그렇지 먹은 맘은 없는 사람이더라.

고모? 차라리 덧니를 빼러 병원엘 가지.

쟨 저거, 누굴 닮아서 저 모양이냐. 어디를 보고 학생이라 하겠냐? 툭 하면 파출소에나 불려 다니고. 시상에 배울 게 없어 담배 도둑질이냐. 공부머리가 없으면 일머리라도 있던지, 허구한 날 피시방에서 총질이니. 쯧쯔! 다른 집들은 딸이 보배라고 하더라만 딸이 둘이면 뭐하냐, 성한 것이 하나나 있어야지. 그런 말 듣고 좋아할 사람이 누가 있겠는가. 진심으로 걱정해서 하는 말 같지도 않았다. 훈계 삼아 하는 말이겠지만 싫은 건 싫은 거였다. 아버지 그 성질에 참고 넘어갈 리 없었다. 고만하슈. 서산 까마귀도 아니고. 누님이야말루 그 많던 가산 다 날리고, 아부지 어무이한테 미안하지도 않수! 망할려면 혼자서나 망하던지 이게 뭐유? 애먼 나까지 끌어들여 길바닥에 나앉게 해놓군.

 고모가 돌아간 후엔 꼭 한바탕, 푸닥거리 같은 소란이 일었다. 화풀이였다. 용달차를 몰고 다니다 얻은 화증. 멀리서 지켜만 봐도 들러붙는 딸애의 고통과 비명. 왕처럼 군림하던 회사를 잃고 난 후의 절망감. 운전대를 잡고 돌아다니면서 보게 되는 거슬리는 것들. 소각장의 쓰레기더미 한가운데 갇힌 기분일 테지. 태워야 하는데, 하나도 남김없이 말끔하게 태워야 하는데 태우기는커녕 점점 쌓여만 가는, 자신의 무능과 현실에 대한, 그 현실을 어쩌지 못하는 데서 오는 좌절감일 테지.

 그런 고모였다. 그런 고모란 걸 누구보다 잘 아는 사람이, 고모한테 상의해 보라니. 차라리 그냥 파출에 찌르라고 하지. 덥다. 왜 이렇게 덥지? 고모 생각에 그런가 보다. 그런 고모였는데 이해 못 할 일은, 돌아가면서 하는 말이었다. 심심하믄 놀러 오니라 아무 때고, 였다. 생각해보면, 잔소리를 빼먹고 간 적은 있어도, 그 말을 안 하고 간 적은 없는 것 같았다. 웃음이 나왔다. 그렇게도 싫어하던 고모네 집엘 와 있다니. 도둑처럼 숨어들어.

 후덥지근했다. 가슴은 괜히 뛰고 조바심이 났다. 어찌나 긁어댔던지 종아리에 피가 묻어났다. 모기까지 극성이네.

쪼그려 앉아 무릎에 턱을 괸다. 참아야지. 갈 데도 없는걸. 설마 쪄 죽기야 할까. 죽어도 그만이지. 일부러 죽겠다고 날 뛰는 애도 있는데. 어찌 되었을까? 그만한 일에, 설마 잘못되진 않았겠지.

문종이 주세요, 하자 문구점 주인이 고개를 저었다. 한지는요? 한지라……. 어디다 쓸려구? 붓글씨요. 그럼 화선질 가져가야지. 아뇨, 한지 주세요. 팔면 그만이지 뭘 그렇게 캐묻냐는 식으로 대거리하자, 문구점 주인이 먼지 쌓인 종이 뭉치를 구석에서 꺼내왔다. 한 묶음 다 주세요. 아무리 봐도 한지에 붓글씨를 쓸만한 인물은 아니라고 생각했던지. 정신수양에야 붓글씨가 최고지. 먹물도 있고 붓도 여럿 있다. 괜히 값만 비싼 화방 말고 이리루 와. 헐하게 줄 테니. 축농증이 있던지 쿵쿵거렸다.

하늘이 노랗다. 후덥지근했다. 숨을 헐떡이며 들어서자 동생이 고개를 돌렸다. 머리와 몸이 어긋났다. 고개를 돌리는 바람에 어깨가 흉하게 틀어져, 마치 마임 무대 위에서 공연하는 피에로 같았다. 이걸 어디다 쓸려구? 그 손으로 정말, 붓글씨라도 쓰게? 그녀가 정면을 응시했다. 촉촉한 물기를 머금은 눈알이 한지에 굴렀다. 쉬고 싶어. 그녀가 한지에 쓴 글자였다. 한지를 내려놓으며 물었다. 니 뜻은 알겠는데 글쎄, 이걸루 뭘 할려구!

그녀는 다짜고짜 옷을 벗었다. 이파리 하나 없는 마른 나무였다. 앙상하게 말라비틀어진 고목. 뱀부홑이불을 덮어주자 그녀가 내 손을 꼭 쥐었다. 툭툭 일그러진 손마디에선 외마디 같은 진물이 배였다. 언니… 쉬고 싶어. 아픈 게 아프지 않을 때, 눈물을 흘려야 할 때 눈물이 나지 않을 때랑은 또 달라. '콩'이가 죽었을 때 하루종일 울다가, 언니가 먼저 웃었잖아. 콩이가 잡아놓고 간 방아깨빌 보고는, 넌 이쪽 다릴 잡아, 난 이쪽 다릴 잡을게. 그리곤 방아를 찧는다며 해죽 웃었잖아. 하지만 아파야 하는데두 아프지 않은 건 뭐랄까, 내 몸이 더는 내 몸이 아닌 거야. 어제까지만 해도 나지겠지 했는데……. 나 지면 식물원엘 가 봐야지, 꿈에서도 산목련이 이뻤는데. 하얀 꽃잎 진 자리에, 파란 새싹이 고왔는데……. 이젠 글렀네. 눈물이 흘렀지만, 어금니를 사리물었다. 비가 왔다. 소나기였다. 굵은 빗줄기를 뚫고 까치 소리가 들렸다. 비가 오는 데두 새들은 우는구나.

언니, 나 좀 도와줘. 부탁이 아니라 명령이었다. 어디에 그런 힘이 있었을까. 감히 거역할 수 없는 위엄이 어깨를 짓눌렀다. 그을음 같은 안개가 폐부 깊숙한 곳까지 스며들어,

숨을 쉴 수가 없었다. 가늘어진 빗줄기 대신 뿌연 안개가 대지를 덮고 있었다. 뭘? 하려다 마른침을 꿀꺽 삼켰다. 왜 도와줘야 하는데, 내가 널 왜 도와줘야 하냐구? 하는 말이 목젖까지 올라왔지만, 입술은 납덩이처럼 굳어졌다. 하늘로 올라가 수호천사가 돼 줄게. 미카엘 같은 대천사가 돼서 언니를 지켜줄게. 무슨 말인가를 해주긴 해야겠는데 아무 생각도 들지 않았다. 안갯속이다. 소리가 들리는 어딘가에 그녀가 있을 텐데 소리만 웅웅거렸다. 별이 보였다. 밤이 무섭다고 하자, 어느 '저기요'가 천장에 매달아 놓은 모빌이었다. 소리는 그 별에서 들려왔다. 언니, 그 말 믿어? 고통스럽고 비참하게 죽을수록 영혼이 맑아진다는 말. 천사들은 생전에 다 그랬대. 시험당하고 고통당하다, 죽는 순간까지 괴로움에 떨어야 영혼이 맑아져 천사가 된대. 나 말고 누가 있겠어. 천사가 될 사람이. 이만큼 아팠으면 됐지, 이렇게 고통스러움 됐지. 좀 도와줘. 나도 천사가 되게.

그러나 그녀 앞에는 보지도 못하고 듣지도 못하는 바위 하나가 앉아있을 뿐이었다. 바위는 그저 묵묵히 별만 바라다봤다.

죽는 걸 도와달라니…? 세상에 어떤 언니가 제 동생의 죽음을 방조하나. 차라리 같이 죽자고 하지. 언니! 나하고 죽어

줄래? 그랬으면 고개를 끄덕였을지도 몰랐다. 천장의 저 별은 떨어지지 않을 것이다. 언니 역시도 내 말은 들어주지 않을 것이다. 그렇게 생각했던지 동생이 또 울먹였다.

 법에 이런 말이 있대. 자기 몸은 자기가 처분할 권리가 있다고. 숨 쉴 자유가 있다면 숨 안 쉴 자유도 있다는 말이겠지. 나한테 남은 게 뭐 있어. 언니도 알잖아. 이 몸으론 아무것도 할 수 없다는 걸. 이젠 목 조를 힘도 없어. 내 몸 내가 해코지할 걸 몸도 아는지, 손이 말을 들어야 말이지. 언니한테 죽여달란 말 안 할게. 거들어주기만 해.

 한지를 겹으로 쭉 깔았다. 알몸인 그녀가 그 위에 반듯이 누웠다. 돌돌 말아 달라고 했다. 머리만 내놓은 채 한지로 돌돌 말린 그녀는, 꼭 누에고치 같았다. 한지에다 물을 뿌려달라고 했다. 그게 무엇을 뜻하는지 그땐 알지 못했다. 한지가 물에 젖었다 마르면 어지간한 풀칠보다 떼기 힘들다는 걸 몰랐다. 그냥, 물을 뿌려달라기에 뿌려줬다. 감춰둔 눈물을 쏟아내듯.

 어때, 이쁘지? 나비 같지? 춥다고 했다. 이불 좀 덮어줘. 뱀부홑이불 위에다 차렵이불을 덮어줬다. 그래도 춥단다. 장롱 맨 밑바닥에서, 겨울에도 덮지 않는 양모이불을 꺼내 덮어줬더니 그제야 웃었다. 잘됐네. 놀라지 마. 미리 해본

거야. 죽으면 어찌 되나 궁금해서. 아빠한테 들킴 혼나니까 언닌 고모네 집에 가 있어. 괜찮겠어? 그럼! 이렇게 숨도 잘 쉬는걸. 그녀는 편하게 웃었다.

귀엣말인가 웅얼거리는 소리가 들린다. 또 졸았나 보다. 옷이 얼굴에 닿았다. 퀴퀴하다. 피죤을 좀 더 넣지. 거칠한 패딩바지를 걷어내자 말소리가 제법 알아들을 만큼 들렸다.
"어린 것이 어쩜 그리 독하담?"
"독하니까 지금껏 버텼지. 그만해도 제 명에 간 거지, 뭐."
고모였다. 고모 목소리였다. 언제 왔는지, 졸아도 한참 졸았나 보다.
바짓단을 살짝 젖혀 틈을 내본다. 유령 같은 둘이 앉아서 소주잔을 기울이고 있다. 유령1은 고모가 분명했다. 아무리 눈을 크게 뜨고 봐도 유령2는 처음 보는 여자였다.
"어린 나이에 불쌍하지, 측은해."
"아깐 독하다매?"
"안 그러냐, 지 목숨 지가 끊는 게 어디 그리 쉬워? 그것도 손 하나 까딱 안 하구 숨을 끊는다는 게."
"의사 말룬 자살이 아니라며?"
"돌팔이지. 성추행으로 쫓겨와 이런 동네병원에 붙어있는 작자가 오죽하겠어."

"그래두……."

"그래둔 뭐가 그래두냐! 생각해봐라. 자살이면 자살이고 타살이면 타살이지, 자살두 아니고 그렇다구 자살 아닌 것두 아니고. 그게 의사 소견이란다. 심정지. 내원 참, 죽을 때야 다 심정지지."

고모가 핏대를 세우자 곁에 앉은 여자가 소주잔을 채웠다.

"의사 얘기도 일리는 있지. 도통한 고승이면 또 모를까, 숨을 안 쉬고 죽는다는 건 의학적으로 불가능하다매. 누가 목을 조르기 전엔."

"내 말이. 그래서 독하다는 거야. 몸속에 든 독이 다 퍼질 때까지 숨을 참는다는 게 가능하겠냐구. 그 독한 약을 다 털어넣은 것두 그렇고."

"독하긴 독하네."

"나들이옷으로 싹 갈아입기까지 했다니 여간내긴 아니지."

눈을 감았다. 슬프지가 않았다. 눈물은 고사하고 허벅지를 쥐어 뜯어봐도 아프지가 않았다. 천사가 되었겠지. 천사가 되어, 별자리 하나 지키고 있겠지. 나들이옷으로 갈아입힌 건 누구일까. 곱게 차려입은 동생을 떠올려보려고 눈을 감고 있는데 목소리가 또 들렸다.

"그럼 이젠 그 앨 데려와야지? 거기 더 둘 필요 없잖아?"

"그럼. 지 동생 수발이나 좀 하라고 놔둔 건데, 갸도 없어졌는데 데리고 와야지."

"올까?"

"올까가 뭐야. 다리를 분질러서라도 데리고 와야지. 새낀데."

귀를 막았다. 이석이 떨어졌는지 어지러웠다.

"이런! 내 정신 좀 봐라. 이러고 있을 때냐, 당장 데리러 가야지. 그것이 집 나갈 때야 오죽 맘고생이 심했으면 나갔겠냐. 천지간에 의지가지라군 지 그림자 말군 없는 애가."

문이 열렸다. 그녀들이 사라진 틈으로 희미한 빛이 스며들었다.

속이 매스꺼웠다. 헛구역질이 올라와 토할 것만 같다. 상한 오이 때문인가. 독한 담배 연기 때문이겠지. 유령처럼 앉아있던 두 여자 때문일지도.

그녀들 뒤를 따라 밖으로 나왔지만 길은 없었다. 어디로 가야 할지 몰라 망설이고 있자, 나비가 보였다. 나비는 이제 막 날갯짓을 배웠는지 뒤뚱거리며 숲 쪽으로 날아갔다.

동제

洞祭

반석사.

다락골에서도 한참을 더 올라가, 금수산 중턱쯤에 있는 암자였다. 다락골이란 말 그대로 '다락'처럼 높은 골짜기란 뜻도 있고, 즐거운 일이 많다고 해서 다락多樂골이란 이름이 붙었다고도 하는데 어느 쪽이 되었든 틀린 말 같지는 않았다. 사람 사는 곳이니 어디인들 근심·걱정 없을까마는 여기 사람들은 유독 낙천적이었다. 그 옆에 있는 마을이 접다락골이었다.

이장 장만수는 다락골에, 총무 연삼이는 접다락골에 살았다. 산등성이로 갈라지긴 했지만 한동네였다. 본동, 중담에 있는 마을회관 가기보다 그네 두 집 오가기가 훨씬 쉬웠다.

연삼이를 대동한 장만수가 반석사를 찾았다.

일주문도 없고 천왕문도 없었다. 입구에 있는 늙은 오동나무가 일주문을 대신했다. 절 지킴을 둘 일도 아니었다. 거대한 금수산이 뒤에 있고, 장대한 바위가 옹위하고 있지 않은가. 수다한 초목이 기치창검旗幟槍劍을 내걸고 가람을 호위하고 있는데 굳이 사대천왕까지 불러내 고생시킬 일은 아니었다.

그들 둘이 반석사를 찾는 데는 지난밤에 벌어진 해괴한 사건 때문이었다.

눈을 비비고 일어난 연삼이 몸을 부르르 떨었다. 으스스했다. 추울 때도 되었지. 시월도 다 지난 초겨울 아닌가. 첫서리라도 내렸는지 창밖은 온통 하얗다 못해 은빛으로 일렁거렸다. 기지개를 켜고는 얼굴을 쓱 문지른 그가 방한 점퍼를 걸쳤다. 문을 열자 싸한 냉기가 코끝에 닿았다. 눈을 비볐다.

뜰 한쪽 귀퉁이에 서 있던 고욤나무가 성큼 다가왔다. 강화도가 자생지로, '웬만한 추위에도 끄떡없다'는 말에, '내년부터는 사발 만한 홍시가 주렁주렁 매달릴 거'라는 묘목상의 말에, '주택신축 기념수'로 7년생 먹감나무 묘목을 심었었다. 한두 해 잘 버티는가 싶더니 얼어 죽었다. 버려두고 있었는데 언제부터인가 우듬지에서 싹이 돋아 자라기 시작했다. 사발만 한 홍시는 아니었지만 그래도 주렁주렁 매달린 고욤이 놔두고 볼 만했다.

연삼이 비빈 눈을 다시 비볐다. 고욤이 저렇게나 많이 떨어졌나? 고욤나무 아래엔 거무튀튀하고 또 희끄무레한 게 수북이 널려 있었다. 현관문을 나서던 그가 '우웩!' 헛구역질을 했다.

아! 이럴 수가…! 세상에 이럴 수가 있단 말인가?

개가 죽었다. 큰 개였다. 묶여있던 쇠줄을 어떻게 끊었는지 마당 한가운데 죽어 있었다. 주둥이는 물론 몸뚱이 전체가 상처투성이로 피 칠갑이었다. 퍼뜩 떠오른 게 닭장이었다. 서늘한 기운에 온몸이 떨려 밖에 나서기가 꺼렸지만 아무래도 심상찮았다. 아니나 다를까. 닭장은 참혹했다. 두어 달 된 병아리는 물론이고 한껏 거드름을 피우며 위세를 떨던 수탉까지도 피 묻은 걸레 조각처럼 죽어 있지 않은가. '저놈의 개짓이지. 저 망할 놈의 개에새끼.' 연삼이 침을 퉤에, 뱉곤 목 부러진 괭이자루를 집어 들었다. 머리끝까지 차오른 분기로 봐선 생사를 가릴 것도 없이 힘껏 내칠 기세였다. 저벅저벅 개에게 다가가던 그가 흠칫했다. 노려보고 있었다. 솜털 하나 움직이지 못하는 처지에, 닭장의 그 많은 닭을 물어 죽여 놓고도 무슨 원한이 남았다고 눈알을 부라리고 있다니.

연삼이 몸을 부르르 떨며 진저리쳤다. 세상이 온통 동물 사체였다. 마당에는 개를 비롯해 고양이, 쥐, 두더지 등 길짐승은 물론 박쥐 같은 날짐승도 있었다. 발걸음이 떼이질 않아, 멀찍이 쳐다본 고욤나무 밑에는 까치 떼와 까마귀 떼가 뒤엉켜 있었다. 온전한 사체는 없었다. 하나같이 온몸이 상처투성이로 걸레 조각처럼 찢겨 있었다. 피범벅이었다. 이를 악문 채 눈을 부릅뜨고 있는 사체들은, 목숨은 끊어졌지만, 지금이라도 당장 싸움판에 뛰어들 기세였다.

저희끼리 싸우다 죽은 게 분명했다. 세상에 이런 일도 있는가. 한두 마리 싸우다 피를 보는 경우는 있어도 지금처럼 전장에서 백병전을 치르듯, 이렇게 떼를 지어 살육을 벌인 경우란 들어보지도 못했고 상상하지도 못할 일이었다.

연삼이네뿐 아니었다. 온 동네가 죽은 동물 사체로 발 디딜 틈이 없었다. 집 주변은 물론 들이고 산이고 하천 변까지 동물 사체로 가득했다. 어찌나 참혹했던지 보는 이마다 진저리를 쳤다. 피비린내가 온 동네를 뒤덮어 숨조차 쉴 수 없을 지경이었다.

동네에선 긴급회의가 열렸다. 이장과 총무, 각 반의 반장, 노인회장, 새마을지도자, 부녀회장, 그리고 전직 이장 등 열 명 정도였다. 사안의 위중함으로 봐서야 마을 총회를 열어야 했지만, 시급성을 고려해 '개발위원회'가 소집된 것이다.

"아시다시피 이게 어디 그냥 넘어갈 일도 아니고, 세상 살다 살다 이런 경우는 첨이네유. 다들 모이셨음 총무? 회의 시작하지그랴."

이장 장만수가 허옇게 뜬 얼굴로 탄식했다.

이장의 말에 다들 천장만 물끄러미 바라볼 뿐이었다.

마을 총무인 연삼이 개회를 선언했다 '연' 씨 성에, '삼이'가 이름이었다. 10여 년 전에 접다락골로 귀촌한 사람으로, 이장 장만수와는 동갑내기였다. 동네에 젊은 사람이 없다 보니 새마을지도자도 겸했다. 속내가 없고 헐거워, 다들 만만하게 보아서 그런지 동네에 일만 터졌다 하면 그를 맨 앞에 세웠다.

"오늘 회의는…. 참, 이런 경우는 저도, 머리에 털 나군 첨이네유. 조폭들이 칼부림한 것두 아니고. 짐승덜끼리 패싸움이라니. 다들 모였으니 개발위원회의를 시작하겠습니다. 먼저 이장님이 회의 안건을 말씀하시쥬."

"이장입니다. 이장입니다만 좀 전에 총무가 말했듯 정말이지 이런 경우는, 머리에 털 나곤 처음입니다. 끔찍한 건 말할 것두 없고, 이거 이러다 우리 주민들한테까지 피해가 오지 않을까, 그게 겁나네유. 무신 대책이라두 세워야 할 거 같아 회의를 소집하긴 했습니다만…. 우선, 반별로 반장님들께서 피해 상황을 말씀들 해보시쥬. 어떠유? 일반은?"

1반 반장 오유진이 입술에 침을 바르다 말곤 '휴!' 하고 한숨부터 쉬었다.

"세상이 망조지! 망한 시상이여…. 짐승덜이 저렇게 나대다니! 반별이고 뭐고 아랫담이나 중담, 어디 다락골이라구 다른 데가 있어? 이젠 겁이 나, 문밖에도 못 나올 지경이여. 사내놈인 나도 그런데 안에선 어떻고, 애들은 말함 뭐할 거여. 허… 망조지 망조여!"

아랫담 오 반장이 치를 떨자 모인 이들이 한결같이 몸서리를 쳤다. 하긴 상황보고랄 것도 없었다. 온 세상천지가 피바다요, 동물들 사체로 엉겨 붙어 있는 마당에, 그게 몇 마리고 무슨 동물인지가 뭐 중요하단 말인가.

왈가왈부해봐야 결론이 날 것 같지 않자, 4반 반장이기도 한 연삼의 처 이경실이 단안을 내리듯 한마디 했다.

"다들 보셨다시피 이게 어디 예삿일인감유. 짐승덜 모의한 일을 사람덜이 끼어들 일두 아니구. 이러쿵저러쿵 얘기해봐야, 짐승덜이 말귀가 있어 알아들을 것두 아니구."

"허이…! 답답하긴, 그래서?"

"빌어야쥬. 이 마당에 믿을 데가 부처님밖에 더 있겠어유. 어디 용한 데 가서 물어보믄 무슨 방안이라두 내주겠쥬."

하긴, 달리 대안이 없었다. 청천벽력 같은 천재지변 앞에

4. 동제

서 의견이라고 내봐야 그 얘기가 그 얘기일 거였다. 그렇다고 죽은 짐승들 붙잡고 너희들, 왜 그랬냐고 따져 물을 수도 없지 않은가. 그래서 마을 대표 격인 이장과 총무가 같은 동네에 있는 반석사 절엘 가는 중이었다. 같은 동네라곤 하지만 다락골에서도 한참 더 올라가, 금수산 중턱 어름에 있다 보니 사월초파일에나 한번 와보는 게 고작이었다.

"허…! 여긴 딴 세상이네."
"뉘가 아니랴. 절은 절이네. 조용한 게 말끔해."
'큰법당' 앞에서 발발거리던 강아지가 쪼르르 달려왔다. 곁에 있던 고양이가 길게 기지개를 켜곤 제자리에 털썩 드러누웠다. 깡충깡충 뛰어오르는 강아지를 발치로 툭툭 걷어내며 그 둘이 법당으로 들어섰다.

법당은 장지문을 사이로, 불상을 모신 곳과 스님이 거처하는 곳으로 나뉘었다. 장지문이 있다곤 하지만 늘 열어놓고 있어서 한곳이나 마찬가지였다.

조는 듯 앉아있던 주지승 대안이 눈을 지그시 떴다. 미동도 없이 앉아있는 스님 앞에 둘이 가부좌를 틀었다.

"스님? 무슨 좋은 방도가 없을까유? 사람 사는 동네가 아니라 짐승덜 전쟁터가 되어부렀으니. 살벌허유. 눈 뜨곤 못

봐유."

이장 장만수가 부처님 앞이라 마음이 놓였던지 불안한 내심을 털어놨다.

눈을 지그시 뜨고 있던 주지가 염주를 굴렸다.

"낭패로구먼. 아무리 말법 시대라군 하지만 축생끼리 농간을 부리다니. 어디 보자…. 허! 짐승이 한 짓이 아닐세."

"야? 짐승이 한 짓이 아니믄 그럼, 누가…?"

놀라는 장만수와 달리 연삼이, 내 그럴 줄 알았다는 듯,

"그렇지유? 짐승이 아니구 뭔가 있지유? 동네서두 다 그렇게 생각하는구먼유."

연삼이 말에 대안이 염주를 또 굴렸다.

"개나 돼지 같은 축생이 뭔 생각이 있어, 무신 생각으로 그런 끔찍한 일을 벌였겠나? 귀신도 그런 짓은 안 하네. 마왕 짓이지."

"마왕…? 마왕이… 왜?"

"거까지야 나도 모를 일이고. 씻김을 해야지. 저 흠한 피비린내를 씻어내지 않고서야, 산 사람은 어찌 살아가고 죽은 짐승은 또 어찌 저승길을 간단 말인가. 씻김도 해야 하고 액막이도 해야지. 내일이고 언제고 유사한 일이 안 닥칠 거라고 누가 장담하겠나. 허! 가엾은 것들…, 혹한에 떠도는 저

가엾은 넋들을 다 어찌할꼬! 나무관세음보살!"

"그럼, 굿을 해야겠네유? 굿을."

"굿도 하고 치성도 올려야지. 마왕을 이겨낼 재간이 부처님밖에 더 있겠나. 지극 정성으로 부처님께 발원하는 수밖에. 부처님 가호가 있어야 굿이고 기도고 효험이 있는 게지."

주지승 대안의 말에 그 둘이 한마디 했다.

"그래야것지유?"

대답은 그렇게 했지만 난감했다.

장만수와 연삼이 서로 얼굴을 마주한 채 입술을 깨물었다. 비용이 문제였다. 여염의 푸닥거리도 아니고 동네굿 아닌가. 돼지머리에 주과포는 물론이요, 굿상에 올릴 제물이 한둘이 아닐 터였다. 서로 눈치만 보고 있자 스님이 뭘 그렇게 꾸물거리냐는 듯 딱 잘랐다.

"삼백! 적게 잡아도 삼백은 들어야지."

"예에! 삼백?"

"삼백만 원이나…!"

이장과 총무가 한꺼번에 놀라자 대안이 웃었다.

"세세한 물목이야 선덕왕보살이 알아서 하겠지만 생각해 보시게. 당장 우리 절에서만 해도 부처님 전에 공양 올려야지, 산신각 신령전에 소지도 올려야 하고 그뿐인가. 굿판에 놀라지 마시라고 명부전에도 고해야 하지 않겠나. 그게 다 제물이고 돈이지. 절에서만 해도 그런데 동네 굿청은 어떻고? 일곱 자 삼베에 아홉 자 무명은 기본으로 들어가야 하고 부정거리, 가망거리, 말명거리, 뒷전거리까지 열두거리, 거리마다 그냥 풀어지는 게 하나나 있는 줄 아나? 눈을 부릅뜨고 계신 일광보살, 월광보살, 관성장군, 화덕장군은 무슨 재주로 달래드리고! 짐승이고 사람이고 죽고 나서 혼령이야 똑같은 게지. 비명에 간 원귀들 따뜻한 옷 한 벌은 해 입혀야 하지 않겠나."

둘이 꿀 먹은 벙어리로 있자 주지 대안이 큰 선심이나 쓰듯 얼렀다.

"우리 왕보살이 그래도 심지가 밝어. 큰돈 바라진 않을겨. 나야 동네 일인데 뭘 바라겠나. 경이나 읽어 줌 되는 걸. 공수받고 풀어 멕이는 보살이 고생이지."

이장 장만수와 총무 연삼이 머리를 맞대고 궁리를 짜 봤지만, 답이 나올 리 만무했다. 다시 개발위원회를 열었다. 동네굿을 하느냐 마느냐부터, 한다면 들어가는 경비는 무엇으로 충당할 거며, 굿청을 만들고 굿거리 일은 누가 도울 거냐 등등, 한가지 결정이 나는가 싶으면 다른 게 걸렸고 그러다

4. 동제

보니 저녁 무렵에 시작한 회의가 자정을 넘겼다. 그래도 이러쿵저러쿵 떠들다 보니 결론은 났다.

마을기금은 작년에 장승을 세우는 데 다 써버려, 재원 마련이 제일 큰 문제였다. 반장들끼리 합의하기를, 각반별로 50만 원씩 걷기로 했다. 4개 반이니 200만 원이었다. 모자라는 100만 원은 어떻게 할까 의논하려는데 부녀회장 이경순이 나섰다.

"모자라는 돈은 우리 부녀회가 알아서 할게유. 대신, 소지 올리는 일은 부녀회한테 맡겨주세유."

"증말? 소지 올리는 것두 일인데 경비도 해결되고 일도 덜고, 그렇게만 해준다면야 고맙구 말구 하지."

이장이 좋아하자 곁에 있던 노인회장이 웃었다.

"허허허…! 이장이 이번엔 졌네."

"예? 지다뉴?"

"소지가 그냥 소진 줄 아나? 그기 다 정성이여, 돈이란 말이지. 모르긴 몰라두 이름 석 자 올리는데 만만찮을걸. 안 그런가?"

노인회장의 말에 부녀회장이 그냥 웃기만 했다.

굿청은 마을회관 앞마당에다 만들기로 했다. 소요되는 자재와 일은 청년회에서 맡아서 하고 그 전에, 마을 방송으로 모든 주민에게 알려, 한 집도 빠짐없이 참여하기로 했다.

  서울에 있는 선덕왕보살이 내려왔다.
"어떤가? 뒤숭숭허지?"
주지 대안의 말에 보살이 시큰둥했다.
"그 돈 갖고는 굿상 하나도 못 차려요. 요즘 물건값이 어떤지 알잖아요?"
"허허! 임자는. 걸 누가 모르나. 동네 일이라니까 동네일. 동네 굿 한번 해주고 나면 목사도 목사 같잖은, 거 뭐냐, 오종필이 그 작자 말고는 다 우리 절 신도가 되는겨. 임자도 생각해 보라고. 말이야 오늘낼 오늘낼 한다지만 가야 가는 거고. 우리 부처님두 참을 만큼 참았지. 일 년 내내 폐문하다시피 해놓군 꼭 초파일만 되믄 동네가 떠나가라 찬송갈 틀어대고, 어디 그뿐인가. 며칠 전엔 글쎄, 생전예수재를 한다니까 주 예수를 모독하는 삿된 행사라며 입에 거품을 물고 지랄하는 바람에 프랑카드 없이 하질 않았나. 마구니여, 마구니! 이참에 딱, 뿌릴 뽑아놔야지. 그거야 그렇다쳐두, 이런 일 아니고야 임자하고 나하고 만날 기회나 있남!"
"그건 그렇지만. 그래두 그렇지, 좀 더 우려내 봐요. 동네가 작은 것두 아니고. 시답잖게 했다간 동네가 결딴날 거라고 으름장도 놔봐."

"했지. 그냥 놔뒀다간 짐승덜 발광하는 건 일도 아니라구. 이번에야 짐승덜끼리 아귀다툼했지만, 다음번에는 천인공노할 참변이 벌어질지도 모른다구. 그게 다라는 데야 뭘. 이장, 그 사람 저도 미안했던지 동네굿만 잘 해주면 장뱅이 올라오는 길, 포장해준다고 약속혔어."

대안이 선덕의 허리를 껴안자 그녀가 못 이기는 채 안겼다. 둘이 뒹구는 모습이 못마땅했던지 부처가 장지문을 스르르 닫았다.

굿청 세우는 일로 분주해졌다.

선덕왕보살이 마을회관 주변을 한 바퀴 둘러보더니 청솔가지를 꺾어 들었다. 주지 대안이 청수 대접을 받쳐 들고 뒤를 따랐다. 보살이 한 손에는 요령을, 다른 손에는 청솔가지를 신들린 듯 흔들어댔다.

"훠어이! 훠이! 물렀거라, 물렀거라! 부정잡귀 물렀거라!"

"천상천하 지고지존 선덕대왕 강림하시니이! 물렀거라, 물렀거라!"

보살이 소리를 지를 때마다 솔가지에 묻은 물방울이 단솥에 콩 튀듯 튀었다.

회관 주변을 정화한 보살이 동네 사람들을 쭈욱 살폈다. 눈에선 푸른 빛이 서늘했다. 말투 하나하나가 딱딱 매듭져, 누구 하나 이의를 달지 못했다.

인줄이 처지고, 그 인줄을 경계로 황토가 뿌려졌다.

굿상이 두 군데 놓였다.

오른쪽에 놓인 상은 크기는 작았지만 높았다.

"지고지존 선덕대왕!"

왼쪽은 평상을 늘여놓고는 흰 천으로 덮었다. 한지에 쓴 신위神位가 길게 붙었다. 옥황상제, 제석천왕, 일광보살, 월광보살, 일월성신, 칠원성군, 오방신장, 사해용왕, 태백산신, 관성장군, 화덕장군, 벼락장군, 천시대감, 금성대군. 바람 한 점 없는 데도 한지로 된 신위가 펄럭거리며 신기를 내뿜고 있었다.

굿상이 놓이자 그 곁에, 소나무를 베어다 세우곤 중간중간을 한지로 묶었다. 신이 내려올 내림대였다. 굿청 밖, 그러니까 마을회관 입구에는 넋대라고 하는, 긴 장대를 세우고 그 옆에는 청솔가지로 가시문을 세웠다. 신령이 오르내리는 데가 내림대라면 혼령이 머무는 곳은 넋대였다. 혼령은 곁에 있는 가시문을 통해서 넋대에 깃들었다.

허공을 올려다본 보살이 눈살을 찌푸렸다. 눈이라도 한바탕 하려는지 하늘은 온통 거무칙칙했다. 네 겹으로 된 아홉 자 무명을 갈라, 넋대 끝에 매달았다. 두 가닥은 마을회관 처마 양 끝에다, 다른 두 가닥은 그 중간에 연결하자 희끄무레한 무명천 네 가닥이 허공에서 펄럭였다.

넋다리였다. 명부에 들지 못해, 유계에서 떠돌고 있는 원혼들이 저승으로 건너갈 다리였다. 바람도 저들의 비원을 아는지 조금씩 잦아들었다.

굿이 열렸다. 참혹한 변고를 당한 짐승들의 원혼을 위로하고 천도하는 씻김굿이었다. 이런 변고가, 다시는 우리 동네에서 일어나지 말게 해 달라는 액막이굿이기도 했다.

마을 사람들이 마을회관 앞마당에 빙 둘러앉았다. 초겨울 이른 아침이었다. 쌀쌀한 날씨인데도 사람들이 어찌나 많았던지 앉을 데가 없었다. 동네 주민들뿐 아니라 인근에 사는 사람들까지 구경 온 탓에 금줄 밖에까지 북적거렸다. 거기다, 요즘엔 보기 드문 행사라 그랬던지 카메라를 맨 기자도 여럿 보였다.

굿상이 차려지고 내림대와 넋대, 넋다리까지 만들어지자 제물이 준비되었다.

맨 먼저 떡이 올라왔다. 흰무리가 큰 시루째 굿상 가운데 놓였다. 과일은 사과, 배, 감, 대추, 바나나 등이 놓였고 방한용 장갑, 목도리, 털모자, 양말 등속을 차곡차곡 늘어놓았다. 돼지머리 옆에는 박카스 상자도 보였는데 그 안에는 박카스 대신 지폐 몇 장이 구겨져 있었다. 굿상 앞 개다리소반에는 백미 한 포대와 반석암에서 떠온 청수 한 동이가 놓였다.

제물을 진설한 선덕보살이 손목 굵기만 한 초에다 불을 붙였다. 촛불이 타올랐다. 일렁거리는 촛불에 맞춰 징이 울고 북이 뛰었다. 징이 울고 북이 뛰자 푸르스름한 동녘에서 해가 솟았다. 검푸른 물기를 뚝뚝 떨구며, 동해에서 솟구친 태양이 태백산을 넘어 소백산 정상에 맺혔다. 푸른 햇빛을 머금은 촛불이 대안 스님의 장삼에 붙었다. 대안의 장삼이 펄럭하자 촛불이 일렁이듯 목탁이 따그르 굴렀다.

"…개법장진언. 옴 아라남 아라다, 옴 아라남아라다, 오옴 아라남아라다!"

사람들 숨이 멎었다. 징소리도 북소리도 그쳤다. 대안의 목탁 소리와 청신경請神經 읊는 소리만이 낭랑했다.

"천지개조 환웅왕검 사천삼백오십칠년 해월 초이레. 대한민국 충청도 단양땅, 금수산하 생민들, 옷깃을 여미며 입고 지성으로 고하나이다. 일월성신, 옥황상제, 제석천왕, 도리천왕, 야마천왕, 도설천왕 고하나이다. 시왕전에 아뢰나니, 진광대왕 초강대왕, 송제대왕, 오관대왕이시여! 염라부에 염라대왕, 변성대왕 태산대왕, 평등대왕이시여! 풍도지옥 도시대왕, 전륜대왕, 별부전에 좌도대왕, 우도대왕, 동자판관께 고하나이다. 화덕장군, 벽력대왕, 뇌성장군 고하나이다. 동방에 청제장군, 서방에 백제장군, 남방에 적제장군, 북방에 흑제장군, 중앙에 황제장군, 오방신장께 고하나이다! 관성장군, 오호장군, 용장군, 호장군께 고하나이다. 삼천대천 천왕님과 대해용왕, 대지지신, 각지각처 대군별감께 고하나이다."

대안 스님이 목탁 소리에 맞춰 삼계제천三界諸天의 모든 신왕神王을 불러내자 선덕보살의 쾌자가 펄럭했다. 버선발을 내딛는가 싶자, 삭모에 달린 주립이 신들린 듯 뛰었다. 며칠 전에 떼죽음 당한 짐승들이 울부짖는 듯했다. 보살의 춤사위가 바람결에 일렁이는 너울처럼 흐느꼈다. 대안의 목소리 역시 늘어졌다. 무상계가 구천에 떠도는 영가를 위무했다.

"겁화통연에 대천구괴라 수미거해도 마멸무여거든 하황차신이 생로병사와 우비고뇌를 능여원뇌라. 영가야, 발모조치와 피육근골과 수뇌구색은 개귀어지하고… 청정법신 비로자나불, 원만보신 노사나불, 백천억화신 석가모니불, 구품도사 아미타불, 당래하생 미륵존불, 시방삼세 일체제불, 시방삼세 일체존법, 대지문수 사리보살, 대행보현보살, 대비관

세음보살, 대원본존 지장보살, 제존보살 마하살 마하반야바라밀!"

"보례진언. 아금일신중 즉현무진신 변재삼보전 일일무수례. 오옴 바라아 믹, 옴 바라아믹, 옴바라아믹."

축생이라 해도 죽고 나면 망자亡者였다. 인간과 짐승의 구분은 생전의 허울에 불과했다. 그 생명이 다해 사대육진四大六塵 흩어지고 나면 인축人畜의 구분은 없어지고 똑같은 영靈으로 돌아갔다. 그래서 명이 다한 이후엔 인간이든 축생이든 모두 망자로 불렸다.

망자의 혼을 불러낸 선덕보살이 망자상亡者床을 돌기 시작했다. 목탁 대신 징과 북이 울렸다. 한지를 오려 묶은 지전紙錢과, 솔가지를 양손에 든 보살이 어깨를 들썩였다.

도령돌기에 한창이던 보살이 공수를 받았는지 말문이 트였다. 곁에서는 알아들을 수 없는 말이 오갔다. 굿판을 열어도 좋다는 신내림, 가망공수였다. 가망공수가 끝나자 비명에 간 원혼들이 악다구니를 쳤다.

"소귀신이 왔구나? 그래, 어느 산천 뉘 집 오양이냐!"

"오는구나 오는구나. 말 타고 소 끌고, 동명성왕 오는구나. 부들공주 오는구나. 부들공주 뒤를 따라 까막까치 오는구나. 오시게 오시게, 춘삼월 댕기바람 오시듯, 칠팔월 건들바람 오시듯, 가뿐사뿐 어려 말고 오시게. 음메음메 우지 말고 꺼덕꺼덕 졸지 말고, 무슨 말을 어이할까! 원통해서 말 못하네, 절통해서 할 말 없네. 저승길 멀다는데 황천은 어이 가고 대왕문전 어이 들까!"

말명공수를 시작으로 원귀들의 넋두리와 푸념이 시작되었다. 하찮게 여긴 짐승들이었는데 망자들의 한을 들어보니, 인간들과 별반 다르지 않았다. 그들에게도 희로애락이 있고 가족끼리 따뜻한 정이 있고, 분할 땐 한도 맺히고 원도 쌓였다. 도움을 받으면 갚을 줄도 알았고 비바람을 막아낼 지혜도 있었다.

그런데 어찌 된 일인가. 망자상 위에서 악다구니를 치고 원망을 풀어놓던 축생귀畜生鬼들이 갑자기 조용해졌다. 선덕보살이 쾌자 춤을 멈추고 눈을 감았다. 지전은 들고 있었으나 지전 역시 얼어붙은 듯, 한 가닥 미동도 없었다. 숨이 멎을 듯한 정적이 이어지자 지켜보는 이들이 가슴을 조였다. 손에 쥔 땀이 송골송골 맺힐 때쯤, 보살이 눈을 번쩍 떴다. 눈을 뜸과 동시에 손을 허공으로 뻗치더니 지전 뭉치를 흔들어댔다. 갑자기 목을 뒤로 꺾더니 포함을 해댔다.

"어데 있느냐! 어디 갔느냐? 내가 소경이냐? 어째서 보이지 않느냐!"

 포함 소리가 어찌나 크고 살벌하던지 사람들이 으스스 떨었다. 부라린 눈으로 주변을 훑어보던 보살이 또 소리쳤다.

 "어째서 보이지 않느냐! 어디 있는 게냐? 어데 숨은 게냐!"

 보살이 은박 장도를 휘두르자 이장 장만수가 주뼛주뼛 걸어 나왔다.

 "다 있는데유. 동네 사람은 다 모였지…."

 이장이 말하다가 말끝을 흐렸다. 목사 오종필이 보이지 않았다. 먹먹한 귀에 마을방송을 들었을 리도, 방송을 들었다 해도 '푸닥거리보다두 못한 마구니 사탄놀이'라고 눈살 찌푸렸을 거였다.

 장만수가 말끝을 흐리자 선덕보살이 포함을 지르며 다그쳤다.

 이장이 어떻게 구워삶았던지 오 목사가 굿청에 불려왔다. 구순에 가까운 노인이었다. 치매기가 있던지 어떨 땐 자신이 목사인지도 모른다고 했다.

 체머리를 흔드는 목사 앞에 보살이 섰다. 한 발을 내딛자 쾌자 춤이 허공을 갈랐다. 징이 울고 북이 뛰었다. 징소리가 땅에 묻히면 북도 가라앉고 징소리가 치솟으면 북도 거기에 맞춰 내달렸다. 징소리가 빨라졌다. 징이 깨질 듯 울어대자 북채 역시 보이지 않을 정도로 뛰었다. 북과 징이 한 덩이가 되어 굿 마당을 휩쓸었다.

노인이 히죽 웃었다.

보살이 눈을 부릅뜨고는 요령을 흔들어댔다. 징과 북, 요령 소리가 한데 범벅이 되어 노인의 전신을 파고들었다. 보살이 노인의 머리에 지전을 뿌리며 대뜸 소리쳤다.

"내가 누군지 알아보겠느냐!"

위엄 어린 목소리가 중후했다.

"흐… 마구니 겉은, 년!"

보살이 노인 앞에 청수를 뿌렸다. 물보라가 튀며 흩어진 지전이 혼백처럼 펄럭거렸다.

"천상천하 지고지존 선덕대왕 왕림하셨다아!"

노인이 미친 듯 웃어젖혔다.

"크하아 크흐… 마구니년."

마을 사람들이 손에 땀을 쥐었다. 초조하고 불안했다. 칼날보다 서늘한 보살이, '마구니년'이란 소릴 듣고도 가만있을 리 없잖은가. 이장 장만수마저도 '어째 서금서금 따라나서라더니. 없다고 할걸, 못 찾았다고 할걸. 실성한 노인네 괜히 데리구 와선, 일을 이 지경으로 만들었나' 하고 자책했다.

모두 넋이 나간 표정으로 보살과 노인을 보고 있는데, 그 사이 대안의 목탁이 따그르 굴렀다.

"일쇄동방 결도량, 이쇄남방 득청량, 삼쇄서방 구정토, 사쇄북방 영안강!"

노기로 가득해야 할 보살의 얼굴엔 이렇다 할 기색이 없었다. 굿을 열 때 표정 그대로였다. 그제야 사람들이 휴, 안심했다.

미리 연통이 있었던지, 아니면 이 서먹서먹한 분위기를 깨려는지, 신발 끈을 다잡은 연삼이 재빠르게 대를 잡았다. 대는 반석사에서 잘라온 다복솔을 명주로 묶은 다음, 그 틈새에다 지전을 늘어뜨렸다. 미동도 없던 대가 흔들렸다. 대를 잡고 있는 연삼이의 이마에 땀방울이 맺혔다. 연삼이 대를 움켜쥐면 쥘수록 대는 발버둥 쳤다. 어느 순간, 쾌자 자락을 펄럭하던 보살이 손바닥으로 요령을 탁! 쳤다.

"영신!"

'영신迎神'이란 말이 떨어지자마자 대가 허공으로 뛰었다. 대를 잡고 있던 연삼이 땅바닥에 처박혔다. 처박히면서도 대를 놓칠세라, 두 손으로 움켜쥐고 있었다. 대와 연삼이의 몸이 요동쳤다. 벌떡 일어난 연삼이 어디론가 뛰었다. 그 뒤를, 스님 대안과 마을 이장 장만수가 따랐다. 가쁜 숨을 몰아

쉬며 대잡이 뒤를 따르던 장만수가 입을 딱 벌렸다.

이럴 수가…! 세상에 이런 일도 있단 말인가!

연삼이 도착한 곳, 그러니까 대가 그들을 데려간 곳은 다른 데도 아닌, 목사관 뒤에 자리한 거대한 암벽이었다.

암벽 밑에 선 대가 울기 시작했다.

깊은 계곡에 갇힌 바람처럼 웅웅거렸다. 아니, 깊은 계곡에 묶여있던 바람이, 계곡을 빠져나오며 내뱉는 울부짖음 같았다. 암벽을 돌며 웅웅거리던 대가, 대안 스님이 '지장보살'을 정근하자 제자리에 멈춰 섰다.

"…나무지장보살 마하살, 나무지장보살 마하살, 나무지장보살 마하살! 옴 바라 마니다니 사바하!"

대안이 연삼이 쥐고 있던 대를 흔들며 서쪽 하늘을 향해 큰소리로 외쳤다.

"영가여! 길을 잃었구나, 구천교를 건너가자!"

"영가여! 눈이 멀었구나, 불귀령을 넘어가자!"

대안이 목탁을 두드리자 연삼이 대를 거꾸로 쥐었다. 이제껏 길길이 뛰던 대가 조용했다.

대잡이 곁에 서 있던 대안이 쪼그렸다. 장만수가 그 곁에 쪼그렸다. 암벽 아래, 타다만 성경책이 비라도 맞았던지 쪼그라져선 짐승의 뼈처럼 굴러다녔다.

아무것도 보지 못한 듯 대를 잡은 연삼이 발길을 돌렸다. 그 뒤를 대안이 따르며 염불했다. 염라대왕이 가장 좋아한다는 금강경과, 더는 육도윤회에 들지 말고 삼악도에 빠지지 말라는 '나무아미타불'을 정근했다.

대를 잡은 연삼이 일행이 어디론가 떠난 사이, 굿청에서는 모두기(무명귀)들의 한풀이 마당이 이어지고 있었다. 지전춤과 넋두리로 모두기를 위로한 선덕보살이 고풀이를 시작했다.

고는 아홉 자 무명 띠를 일곱 번 묶은 것인데 한 번씩 풀 때마다 이승에서 맺힌 한이 하나씩 풀어져, 마지막 일곱 번째 매듭을 풀었을 땐 모든 악업과 원한이 소멸하여, 저승으로 천도 된다고 믿었다.

고풀이를 끝낸 보살이 시왕포를 굿마당에 걸었다. 시왕포는 삼베로 된, 길이 일곱 자, 폭 한 자 남짓한 긴 띠였다. 그 위에다 종이로 된 배를 띄웠다. 축생귀를 비롯한 모두기를 저승까지 태워다줄 넋배였다. 넋배로 '길닦음'을 하며 보살이 소리쳤다.

"가는구나, 가는구나! 날개 없는 길짐생이 날개 달고 가는구나. 수족 없는 날짐생이 초랭이탈을 쓰고 가는구나."

넋배를 밀던 그녀가 허공에 지전을 뿌렸다.

"인정을 쓰시오, 인정을 써! 배고파서 못 가겠네, 허기져서 못 가겠네! 시왕전에 고할가나, 시왕전에 보고되면 도솔천이 지적이라. 이번 인정 아니 쓰면 무슨 수로 인정 쓰랴!"

뒷전에서 멀찍이 서 있던 여자가 슬그머니 만 원짜리 지폐 한 장을 넋배에 실었다. 접다락골에 사는 연삼이의 처, 이경실이었다. 그녀가 비손하며 물러나자 멈칫거리고 있던 사람들이 너도나도 인정을 썼다.

넋배를 띄워 보낸 보살이 가위를 집어 들더니 시왕포를 쭉 갈랐다. '길닦음'에 이은, '길가름'이었다. 이번 길을 마지막으로, 다시는 축생귀로 태어나지 말기를 바라는 약속이고 기원이었다.

고풀이와 길가름까지 끝내자 해가 금수산 발치에 걸렸다. 햇발이 뉘엿뉘엿해질 무렵, 멀리 동네 입구로 들어서는 대잡이가 보였다.

"영신이오! 영신! 마군 마왕 들입시오!"

대잡이 뒤를 따르던 대안이 주변을 물리쳤다. 웅성거리던 사람들이 두 쪽으로 갈라섰다. 대가 들어서는가 싶더니 굿상을 땅! 쳤다. 이제껏 수굿이 따라오던 대였는데 굿상에 걸린 신위들을 보자 길길이 뛰었다. 대가 뛰면서 공양미를 엎었다. 쌀알이 굿마당에 하얗게 흩어졌다.

　선덕보살이 대 앞에다 신형神形을 올려놓았다. 신형은 은박구슬로 콩알만 했다. 대 앞에 놓인 신형이 뛰었다. 사람들이 아! 하며 놀랐다. 바람도 없고 누가 건드리지도 않았는데 은박구슬이, 살아 있는 생명처럼 뛰어다니는 게 아닌가. 대를 잡은 연삼이는 초주검으로 간신히 서 있었다. 보살이 진언을 외우며 지전으로 은박구슬을 쓰다듬었다. 그러자 뛰던 구슬이 잠잠해졌다. 이때다 싶었던지 그녀가 호리병을 들이댔다.

　호리병 안으로 집어넣으려는 찰나. 이게 또 어찌 된 일인가. 콩알만 한 은색 구슬이 펄떡 뛰면서 굿상으로 빠져나오다니!

　그야말로 귀신 곡할 노릇이었다. 아니 귀신이라도 그렇게는 못 할 노릇이었다. 그렇게 몇 번을 허탕 치고 나자 이번엔 보살 역시 기진해 보였다. 기세등등하던 모습은 간데없고 전신이 땀으로 흠뻑 젖어, 절인 배추나 다름없었다.

　포함도 하고 넋두리로 달래도 보고, 진언을 외며 살풀이 춤을 추는 보살의 얼굴엔 한 점 신기도 찾아볼 수 없었다. 그저 평범한 아녀자의 모습이었다. 그래서 그랬을까. 한숨을 탁, 쉰 보살이 친어미 같은 귀엣말로 소곤거리자, 그렇게 기를 쓰던 구슬이 호리병 안으로 들어갔다. 호리병 입구를 밀랍으로 봉하자 이를 본 사람들 모두가 휴, 하고 안도했다.

봉인을 마친 보살이 자리에 털썩 주저앉았다. 한참을 넋 나간 듯 눈을 감고 있던 보살이 벌떡 일어났다. 찬바람을 일으키며 선덕대왕 신위 앞에 선 그녀가 절을 했다. 백팔 배를 끝낸 보살이 굿상 앞에 섰을 땐 언제 그랬냐 싶게 신기가 올라 있었다. 얼굴은 창백했지만, 몸에서는 감히 범접하기 힘든 위엄과 기개가 서렸다.

뒷전거리, 액막이가 펼쳐졌다. 가시문 옆에 정업이가 세워졌다. 정업이는 볏짚으로 만든 허수아비였다. 몽둥이나 작대기를 든 사람들이 돌아가면서 때렸다.

"다시는 우리 동네 오지 마라!"

"우리 집, 닭 한 마리라도 건드렸다간 이 몽둥이로 다리가 부러질 줄 알아라. 퉤에…!"

"썩 꺼져라. 마귀고 마왕이고 풀밭에 연기처럼 써억 사라져라!"

정업이를 불태우는 것으로 축귀逐鬼 의식은 끝이 났다.

달이 뜨자 소지가 올랐다.

하얀 백지에 가주家主 이름을 올리고 그 아래에다 가솔家率들을 있는 대로 적었다. 마을 개발위원회에선 부녀회에 맡기기로 했으나 '부정 탄다'는 이유로 선덕보살이 직접 챙겼다.

보살이 소지에 이름을 올리면서 제일 먼저 살펴본 게 성금을 낸 액수였다. 성금의 기준은 나이였다. 나이만큼 낸다고 해서 '나전'으로도 불렸다. 딱 부러지게 얼마라고는 안 정했지만, 최소한 나이만큼은 성금을 올려야 영검을 본다고 했다.

나전이 적으면 보살이 아무리 기도를 해도 신불이 마뜩잖게 여겨, 복을 적게 내린다는 거였다. '다음에'란 없을지도 모를 마을굿이었다. 우리 식구들 무탈하게 해달라고, 우리 집 복 많이 받게 해달라고, 너도나도 인정을 쓰고 성금을 냈다. 따로, 남편 몰래 성금을 내면서 축원하는 여자도 있었다.

소지에 오른 많은 이름을 일일이 호명하며 선덕보살이 축원했다. 축원이 끝나자 소지를 태워, 대왕전에 올렸다.

겨울바람이 칼칼해서 그랬을까. 마을 사람들의 소원이 지극해서 그랬을까. 어느 집 소지를 막론하고 하늘 높이 올랐다. 말간 띠를 한 소지 하나가 교회 십자가에 걸리는가 주춤하더니 떠돌이별로 흘러갔다.

인멸
人滅

하늘은 내려앉고 땅은 암흑에 갇혔다. 먹장 같은 어둠이 흔들리더니 틈이 생겼다. 희미했다. 희미한 어둠. 사람의 눈으로는 분별하기 힘든, 아주 여리고 미세한 떨림이었다. 순간, 먹장 같은 암흑이 두 동강 났다. 회색의 거대한 형상이, 안개처럼 흩어졌다 구름처럼 뭉쳐지곤 했다. 50층 아파트 높이 만큼이나 커 보였다. 회색의 거대한 구름 기둥이 서서히 굳어지기 시작했다. 갈라진 먹장 사이로 희끄무레한 얼음기둥이 두 발로 성큼성큼 걸어 나왔다.

"오호장령은 들으라!"

어느덧 얼음기둥은 완연한 사람 형상을 하고 있었다. 왕귀王鬼였다. 머리엔 금빛 찬란한 면류관을 썼고 손에는 상아로 깎아 만든 용 문양의 왕홀王笏을 들고 있었는데 손을 흔들 때마다 살아 움직이듯 꿈틀거렸다.

언제 나타났던지 그 앞에는 회색의 구름 기둥이 조아리고 있었다. 모두 다섯이었다. 그 구름 기둥들 역시 몇 번인가 꿈틀거리자 사람 형상으로 변했다. 왕귀가 '오호장령五護將靈'

이라 부른 유령들이었다.

"오호장령, 귀왕 폐하를 뵈옵니다!"

"내 너희 다섯 장령을 부른 것은 속히 시행할 임무가 있어서니라."

"하명하소서! 받들어 거행하겠나이다."

부복해 있는 유령들은 오귀五鬼였다. 그러나 평소 물색없이 나대던 유령과는 딴판이었다. 왜소하고 초라한 행색은 찾을 수 없었다.

맨 앞에 무릎을 꿇고 있는 몽달귀는 철갑옷에 투구를 썼다. 덩치도 집채만 해서 대궐 한 채가 서 있는 듯 우람했다. 등에는 전통箭筒을 매었는데 활과 화살은 보이지 않았다. 손에 든 부월이 서늘한 한기를 뿜으며 철위산鐵圍山이라도 두 동강 낼 기세였다.

몽달귀 뒤로 사귀四鬼가 엎드려 있는데 그들 역시 집채만 했다.

맨 좌측에 청상귀가 청靑치마에 홍虹적삼을 입고 있었다. 세 겹 청치마가 펄럭일 때마다 뱀의 혓바닥처럼 주변의 모든 것을 집어삼켰다. 홍의 적삼은 어찌나 곱던지 눈이 부실 정도였다. 빛을 발하고 있는 칠채七彩 무늬는 적삼에 박혀있는 게 아니라, 꽃뱀처럼 비단 위를 꿈틀거리며 기어 다녔다. 그러나 그 아름답고 고운 자태와 달리, 그의 몸에서 내뿜는 말 못 할 광기는 지옥불이라도 들쑤시고 다닐 태세였다.

그 옆으로 동냥귀가 거대한 깡통을 꿰차고 있었다. 깡통에는 시뻘건 불덩이가 이글거렸다. 차갑지도 뜨겁지도 않은 이 불덩이는 주인의 의중에 따라 움직였다. 지금처럼 차분하게 앉아있을 때는 얼음처럼 차가웠지만, 무언가와 맞붙어 싸울 때는 금강석이라도 엿가락처럼 녹아내렸다. 온몸에 두른 굴피가 철갑보다 더 단단해 보였다. 우멍하게 패인 눈을 두리번거리자 주변의 모든 어둠이, 마치 회오리바람처럼 빠져들어 갔다.

동냥귀 옆에는 갓을 쓴 선비 차림의 대감귀신이 엎드려 있었다. 별상으로 더 잘 알려진 대감귀신은 귀왕의 책사였다. 한 손엔 병법서를, 다른 손엔 태극선을 쥐고 있었다. 그러나 특이하게도 병법서는 백지였는데 계략이 필요해서 책장을 열 때만 홀로그램으로 나타났다. 태극선은 어찌나 낡았는지 적·황·청색이 뒤섞여 있을 뿐 아니라 살과 종이가 너덜거려, 조금만 세게 흔들어도 부서질 것만 같았다.

옆에 있는 동냥귀의 깡통을 툭 치며 부채를 휘적거리자 불꽃이 날름거리더니 태극선을 홀랑 태웠다. 그걸 본 소년 귀신 공진이 키익 웃었다. 아무렇지도 않다는 듯 대감귀신이 부채를 다시 부치자 태극선이 원래의 모습으로 되돌아 왔다.

맨 오른쪽에 부복해 있던 공진이, 태극선을 잡으려고 손을 뻗었다. 그러나 공진이 손을 뻗는 만큼 태극선과의 거리도 그만큼 멀어졌다. 소년 귀신이 시무룩했다. 그래도 다행인 것은 다른 귀신 같았으면 손에 닿자마자 흔적도 없이 가루로 날아갔을 거였다. 천진난만한 어린 소년 귀신이어서 어떤 술수에도 걸려들지 않았다.

공진이 오귀 중에 가장 작았다. 작다고는 해도 여느 오두막보다는 컸으니 인간으로 치면 거구였다. 알몸뚱이였다. 자지를 드러내놓고는 불알을 덜렁거리고 다녔지만 그게 창피한 줄 몰랐다. 귀왕이 시키면 시키는 대로 그에 따를 뿐, 이의를 달거나 의문을 품지 않았다.

부복해 있는 오귀를 향해 귀왕이 은근히 일렀다.

"지금까지의 정황으로 보아, 염마왕이 재심을 허락할 리도 없겠지만 허락한다고 해도 재심에서 우리가 옥문을 통과한다는 것은 불가능한 일이다. 결과에 상관없이 우리에겐 오직 혁명만이 있을 뿐이다. 혁명에 앞서 명심할 것이 자만과 나태이니라. 과업은 이어질 것이고 그 과업의 성과에 따라 억년에 이어진 유계의 혼탁과, 명계에서 자행되고 있는 부패와 타락이 척결될 것이다."

"하명하소서!"

"너희는 즉시 오방五方으로 달려가 군기와 군사를 모으라. 군기는 군대의 사기이니, 만령萬靈의 군사라도 군기가 없다면 먼지로 흩어질 것이요 단 일의 군사라도 군기가 금강석 같다면 삼계 무적이 될 것이다. 군기는 첫째가 대의명분이요, 그다음이 군율이며 존중임을 각인하라. 말단 하급사령이라도 혁명의 대오에 함께할 동지다. 존중하고 대우하라. 군율이 무너지면 전략을 세울 수 없다. 가장 중요한 것이 명분이니, 혼탁한 유계에서 해방되는 길, 부패하고 타락한 명계에서 고통받는 일체의 동혼동령들을 구제하는 일이니, 이보다 뚜렷하고 드높은 대의명분을 어디서 찾는단 말이냐."

"각인하고 명심하겠나이다!"

맨 앞에 무릎 꿇은 총령 대장, 몽달귀가 부월을 번쩍 들자 먹장 같이 드리웠던 어둠이, 깨진 유리 조각처럼 흩어졌다. 철벽처럼 닫혀있던 하늘 문이 산산 조각났다. 등 뒤에 있는 전통에선 살을 파고드는 듯한 굉음이, 흩어진 유리 조각 사이를 누볐다.

그 뒤에 부복하고 있던 유령들 역시 무시무시했다. 청상귀가 몸을 부르르 떨자 칠채의 현란한 빛이 수억 개의 바늘로 비상했다. 이에 질세라 동냥귀가 깡통을 두들겨대자 지진이라도 난 듯 대지가 울렁거리고 이글거리는 불똥이 사방으로 튀었다. 불똥이 떨어진 자리에선 용광로 같은 쇳물이 솟구쳤다. 불꽃이 튈 때마다 소년 귀신 공진이 키득키득 웃었다.

천지가 뒤집힐 듯 요란한 가운데도 미동도 없이 부복한 자가 있었다. 다름 아닌 귀왕의 책사로 있는 대감귀신 별상이었다. 그는 그저 조는 듯 무심히 갓끈만 매만지고 있었다.

"사악하기가 사막과도 같은 중앙 토국에는 총두장령이 진두지휘하라!"

"복명!"

"북방 수국에는 어멈 청상장령이, 남방 화국에는 동냥 걸신장령이 임하여 군사를 모으고 유사시에 대비하라!"

"복명!"

"서방 정토국은 원귀 공진장령이, 수림 정령이 깃든 동방 수목국에는 대감 별상장령이 출행하라! 군사를 운집하여 기강을 세우되, 명계의 혼군들이 쳐놓은 탐망에 노출되지 않도록 은밀히 행하라!"

"복명!"

왕귀의 명이 끝났으나 오귀는 그대로 부복해 있었다.

왕귀가 맨 앞의 총두장령 몽달귀에게 병부를 발했다. 병부는 단도 모양을 한 신물信物이었다. 앞면에는 발병發兵이라 적혀있고 뒷면에는 모병 지역인 토국土國이 각인되어 있었다. 병부를 반으로 잘라, 손잡이 부분은 왕귀 자신이 갖고 도엽刀葉 쪽을 몽달귀에게 주었다. 병부를 받은 몽달귀가 그제야 일어나 허리를 굽혔다. 부복해 있던 4귀 역시 마찬가지였다. 자신이 출동해야 할 지역의 병부를 발부받은 후에야 일어나 군례를 취했다.

"너희의 일거수일투족이 동혼동령의 해방임을 명심하여 추호도 흔들림 없이 임무에 매진하라!"

"혁명을 위하여!"

"동혼동령을 위하여!"

오귀가 어둠 사이로 스며들었다. 그 어떤 종적이나 소리도 없었다. 물방울이 솜뭉치에 스며들 듯, 저녁노을이 담장 밑으로 스며들 듯 그렇게 사라졌다. 혼자 남은 귀왕이 손에 쥐고 있던 왕홀의 머리를 툭 쳤다. 왕홀이 꿈틀하더니 회색의 거대한 용으로 변해 허공으로 날아올랐다. 때맞추어 왕귀의 몸도 바뀌었다. 휘황찬란하던 면류관이 빛을 잃음과 동시에, 그의 몸도 스르르 녹아내렸다. 안개로 피어오르나 싶었는데 어느새 희끄무레한 구름 덩이로 바뀌었다. 기다리고 있었다는 듯, 허공을 날던 용이 구름을 등에 태우고는 어디론가 유유히 사라졌다.

유계幽界가 분주해졌다. 겉으로 드러나지는 않았지만 어딘지 모르게 술렁거리고 사위가 좀이 쑤시듯 근질거렸다. 뭔가 들쑤시고 다니는 게 분명했다. 그런데 유계의 어떤 유령도 그 '뭔가'란 걸 알지 못했다. 아니 안다고 해도 모른 척할 일이었다.

세상은 삼계三界로 나누어져 있다. 인간을 포함한 생명체가 살아가는 곳을 이계泥界라 불렀다. '진흙탕 속에서 뒹군다'는 말인데 어떻게 보느냐에 따라 해석이 달랐다. 즉, 밝은 면에서 보자면 진흙탕 속에서 뒹굴 만큼 박진감 있고 생명력이 넘쳐난다는 뜻이다. 그러나 생명이란 것은 '먹고 산다'는 말이었다. 지렁이나 굼벵이처럼 흙만 파먹고 사는 생명도 있고, 불가사리처럼 쇠붙이를 먹고 사는 생명이 더러 있긴 했으나, 대부분 생명은 약육강식의 먹이사슬에 엮여, '먹고 먹히는' 싸움판에 내팽개쳐졌다. 그러다 보니 생명이 있는 곳에는 늘 폭력과 흉계가 난무했으며 악취가 진동했다.

이러한 이계를 지탱하는 축은 두 개였다.

혼돈과 질서. 이 둘이 무한 반복으로 순환하며 세상을 지

배했다. 저녁 하늘을 날아오르는 수천수만 마리의 새떼들. 심해의 바닷속에서 현란한 몸짓으로 유영하는, 그 수를 헤아릴 수 없을 정도로 거대한 청어 떼들. 그리고 초원 위의 얼룩말들. 눈이 어지러울 만큼 현란한 무질서 속에서도, 그 어떤 충돌이나 어긋남 없이 비상하고 유영하고 뛰어다녔다. 빗방울의 어지러운 무질서는 '떨어지는 질서'를 낳고 그 질서를 위해 물은, 허공을 기어올라 땅에 떨어지는 것이다.

이 두 개의 축이 화합하여 생산한 산물이, 흙이요 돌이요 나무요 풀벌레며 길짐승이며 날짐승들이었다. 혼돈이나 무질서는, 평화와는 거리가 먼, 폭력적이고 파괴적인 요인에 불과할지 모르나 이 둘은 만물 창조의 원형인 것이고 그 만물에 생명을 불어넣는 원동력인 것이다.

이계에서 생명이 다한 것들은 명계冥界로 돌아갔다. 생명체에는 형상을 이루는 체體가 있고, 그 체를 지배하고 따르는 영靈이 있는데 인간의 것은 다른 영과 달리, 사후에도 유일하게 인간에게 반응한다 해서 혼魂이라고 했다. 생명, 즉 숨오음이 그쳐 죽게 되면 지수화풍地水火風 4대四大로 형성된 체는 원래 자리로 돌아간다. 뼈와 살과 터럭은 흙으로, 피나 코 오줌 땀 같은 액체는 물로, 체온과 같은 뜨거운 기운은 불로, 숨은 바람으로 돌아가, 죽고 난 후에 남는 거라곤 아무것도 없게 되는 것이다.

 형상을 이루는 체는, 이같이 물려받은 자리로 돌아가 무화無化되는 반면, 그에 딸려 있던 영은 사라지지 않고 이속移續하는데 그곳이 명계였다. 돌아가서 의탁한다는 뜻으로 귀의歸依라고도 했다.

 온갖 망령들로 들끓는 명계.

 명계의 질서는 시왕전十王殿과 사처四處에 의해 지탱되고 있었다. 시왕은 이계에서 건너온 혼령들의 무게靈根를 달아, 그 무게에 따라 처분하는 역할을 하는데 제1전에 진광왕을 시작으로 초강왕, 송제왕, 오관왕, 염라왕, 변성왕, 태산왕, 평등왕, 도시왕, 전륜왕이 있다. 인간들에게 잘 알려진 염라왕은 어찌나 혹독하고 매서운지, 그 앞에 가기만 하면 십중팔구는 지옥에 떨어진다 하여 시왕 중에서도 가장 두려운 존재였다.

 이곳 시왕전에서도 판결이 유보된 혼령들은, 별개의 부속기관인 오부에서 재심하는 일을 맡긴 했으나 거기까지 가는 혼령은 거의 없었으므로, 명목상 기관에 불과했다. 오부五府에는 십일전에 지장왕, 십이전에 생불왕, 십삼전에 좌도왕, 십사전에 우도왕, 십오전에 동자판관이었다.

 오부까지 가서도 판결이 유보될 경우, 이때는 명계에도

들지 못하고 이계에 돌아갈 수도 없게 된다. 그래서 이계와 명계 사이를 떠돌게 되는데 이를 유령遊靈 또는 유혼遊魂이라 부르고, 이들이 머무는 곳이 유계遊界였다.

유계는 이계와 명계에 중간지대에 놓인, 이곳에도 못 끼고 저곳에도 속하지 못하는, 인간계로 말하면 버려진 땅, 회색지대인 셈이었다. 유랑과 걸식과 비굴함이 매스껍지만, 어쩔 수 없이 그 비굴함으로 살아가야 하는 낙망과 좌절의 절지낙처絶地落處이기도 했다. 버려진 것이 아니라고, 운명적으로 그리 정해진 것일 뿐이라고 애써 추슬러봤지만, 그 추스름은 위안이 아니라 가슴을 에는 통증으로 돌아오곤 했다. 유계는 그렇게, 생겨날 때부터 반역을 잉태한 혁명의 땅이었다.

소집령이 발부되었다는 소문이 떠돌았다. 그러나 아직은 소문일 뿐이었다. 실제로 소집령이 떨어졌다면 전광석화일 것이다. 명부命符가 발하는 빛으로 천지는 뒤집힐 것이고, 대지를 동강 내고도 남을 굉음이 잠들어 있는 유계의 모든 유령과 유혼들을 깨울 것이다.

오천사백억의 대군단이 일시에 드러낼 그 광경이란 가히 상상이나 하겠는가. 그러나 아직은 미풍 같은 움직임만이 유계의 그늘을 돌며 소곤거렸다.

"깨어있으라! 유계의 동혼동령들이여 깨어있으라!"

"떨치고 준비하라! 일어날 때가 가까웠느니라."

이계의 밝음과 명계의 어둠이 뒤섞인 유계는 늘 그늘지고 우울했다. 그늘진 곳마다 희번덕거리는 표식이 날이 갈수록 빈번히 나타났다. 우울함을 타고, 애처롭게 스며드는 여울 같은 곡조가 유계의 온 천지를 휘감았다. 번개는 수시로 허공을 할퀴었으며, 그때마다 맹수의 포효보다 괴로운 으르렁거림이, 죽은 사자의 넋처럼 끓어올랐다.

유계는 그야말로 폭풍 전야에 휩싸인 듯했다.

귀왕이 눈을 지그시 감았다. 오호장령을 소집한 것이 열흘 전이었다. 염라전에선 이렇다 할 그 어떤 언질이나 통지도 없었다. 유계의 너희 같은 떠돌이 영들은 상대할 가치도 없다고 무시하는 건지, 아니면 다른 음흉한 흉모를 도모하고 있는지 가늠하기 어려웠다. 분명한 것은 유계의 소청을 호락호락 들어주지 않을 것이란 점이었다.

소청이란 간단했다. 명계 판관들의 실정과 부패로 인하여 수없이 많은 영혼이 환생은 꿈도 꾸지 못한 채 유계를 배회하고 있었다. 환생은 아니더라도 환생할 기회는 주어야 하는 것 아닌가. 심판이 공정했다면 결과를 수용했을 것이다.

5. 인멸

그러나 심판 자체가 엉터리였다. 염마왕을 필두로 한 시왕전의 판관들과 외전의 오관왕은 전생의 인연부터 따지고 들었다. 전생의 연이 조금이라도 닿는 자에게는 후한 점수를 주고, 아무런 연고도 없는 자들에겐 가혹한 처분을 내렸다.

가혹한 처분이라도 지옥에만이라도 든다면, 그곳이 팔열지옥이든 팔한지옥이든 아니면 무간지옥이라도 환생의 기회는 있는 곳이었으므로 감내했을 것이나, 버러지로 태어난 버러지 영혼은 버러지도 못되고 유배되었다. 메뚜기가 환생해서 새가 되고, 새가 다시 태어나 닭이나 오리가 되고, 그것들이 인간이나 다른 생명의 먹이로 희생되어, 인간이나 다른 생명으로 환생해야 함에도 판관들의 손길이 닿지 않은 축생영畜生靈은 그 굴레를 벗어나지 못했다.

이 같은 부조리한 현실을 개조해 달라고 소청을 넣었다. 시왕전의 우두머리인 염마왕에게 넣은 소청은 대략 세 가지였다.

첫째, 현재 운영되는 시왕전의 전생명부와 외부에 딸린 오부전의 삼라망경森羅網鏡은, 현생명부와 현생망경現生望鏡으로 개조 운영할 것. 둘째, 인간계의 정염情染에 치우친 판관과 그 예속隸屬들을 경질할 것. 셋째, 기왕의 오결誤決로 인해 유계에 떠돌고 있는 유령들을 재심할 것.

청원자는 유계의 우두머리 왕귀였다. 유계나 명계에서는 그를, 유혼의 우두머리 즉 귀신들의 왕이란 뜻에서 귀왕이라는 호칭으로 널리 알려졌다.

빙산을 깎아 만든 왕좌에 앉은 왕귀의 눈썹이 푸르르 떨렸다. 송림 사이로 눈발이 휘날리듯 서늘한 광기가 명계 전역으로 퍼져나갔다. '최후통첩'이란 말과 함께 '이후에 벌어질 사태는 전적으로 명계의 책임'이라고 분명히 밝혔었다. 회신은커녕 날로 촘촘해지는 변경의 결계로 보아 '어디 너희들 맘대로 해봐라' 하는 배짱 같았다. 공망公罔에 나부끼는 포고만이 선전포고는 아니지. 그래 한번 해보자 이 말이렷다! 왕귀가 왕좌에서 벌떡 일어서더니 오른손에 쥐고 있던 왕홀王笏을 천천히, 그러면서도 단호하게 흔들었다.

왕홀이 지나간 자리에 은빛 휘광이 부챗살 모양으로 퍼졌다. 어느 한 방향으로 직진하는 것이 아니라 상하좌우, 모든 공간으로 빠르게 이동해갔다. 소집령이 발동된 것이다. 은빛으로 눈부신 부챗살의 표식을 보는 모든 유령은, 그 표식을 따라 한곳으로 모였다. 거부할 수도 지체할 수도 없는, 절대 존엄의 명령이었다.

"너희들도 알다시피 우리의 인내와 분노는 종극에 이르렀다. 마지막으로 너희의 전의를 말하라!"

소집령이 떨어지는 순간, 빛보다 빠른 속도로 오호장령이 귀왕부에 대기하고 있었다.

"귀왕을 뵈옵니다. 하명하소서!"

"전의를 말하라!"

총두장령 몽달귀가 갑주를 두른 채 부월을 허공에 그었다. 막막하던 공간에 섬광이 일며 수미산이 무너지는 듯한 굉음이 유계를 흔들었다.

"하명하소서! 우리의 소임은 오직 명계 시왕오부의 숙적을 처치하는 것일 뿐, 다른 어떠한 전의도 없나이다."

몽달귀의 무시무시한 결의가 끝나자 다른 네 명의 장령 역시 철위산이 무너질 듯한 소리로 복창했다.

"우리의 전의는 명계의 소멸에 있을 뿐, 출진하소서!"

왕귀가 눈을 부릅떴다. 태양이라도 집어삼킬 기세였다.

"명계의 놈들은 우리의 소청에 응하기는커녕 우리의 기개를 능멸하는바, 동혼동령의 소망을 이 홀에 담아 명하노니, 유계의 모든 장령은 다음의 영을 따르라!"

오호장령이 왕귀 앞에 무릎을 꿇었다. 그 뒤로 수십억의 유혼들이 대군大群을 지어 도열해 있었다. 은빛 휘광의 기치 창검이 막막하던 유계의 천지에 나부꼈다. 어디 한군데 지탱하거나 붙어있질 못하다 보니 거대한 구름떼처럼 일렁거렸다.

"유계의 모든 유혼·유령들이 원하는 바는 오직 재심을 통한 재생으로, 환생하는 길이었으나 명계의 판관들은, 구태와 부패로 우리의 요구를 묵살하였다. 그렇다고 이제까지 소멸해간 전령前靈들처럼, 이 음습하고 음험한 유계에서 속절없이 소멸해 갈 날만 기다릴 수는 없노라. 이제 우리에게 남은 길이란 혁명뿐이다. 이것은 대체할 것도 아니요 지체할 것도 아니니, 저 간악하고 무도한 명계의 판관들을 한 놈도 남김없이 제거할 때까지 싸울 것이다."

"동혼 동령을 위하여! 혁명을 위하여!"

유계의 모든 혼령이 귀왕의 깃발 아래 하나로 뭉쳤다. 언제 스러질지 모를 운명이었다. 가뭇없이 소멸해갈 운명이었다. 시시각각 흐릿해져 가는 자신의 혼령을 보면서 다른 어떤 미련도 있을 리 없었다. 안개같이 흐릿한 영혼들이 뭉쳤다. 작대기 하나면 흐트러질 것 같은 혼령들이, 그러나 열이 모이고 천이 모이고 억만으로 뭉치자 수미산보다도 크고 금강석보다도 강해졌다.

선전포고랄 것도 없었다. 그냥 짓쳐들어갔다.

선봉장은 총두장령에 위치한 몽달귀였다. 중토국에서 몰

려온 용의 무리가 대진을 형성했다. 온몸을 철갑비늘로 무장한 용들은 입에서 불을 내뿜고 있었다. 매 발톱의 수백 배나 되는 날카롭고 견고한 갈퀴가 주 무기였다.

그 오른쪽에는 청상장령인 청상귀가 대군을 이끌고 진격을 준비했다. 그녀의 군대는 날개를 달았다. 새의 무리였다. 대붕과도 같은 커다란 날개를 휘저을 때마다 현란한 불꽃을 튀기며 주변의 모든 것들을 날려 보냈다. 누렇고 부리부리한 눈을 번들거리며 당장에라도 집어삼킬 듯 갈고리 같은 부리를 내지르고 있었다.

왼쪽에는 걸신장령 동냥귀가 시뻘건 잉걸불이 타오르는 집채만 한 깡통을 휘두르면서 전의를 불태우고 있었다. 그의 군대는 네발가지 혼령들로 구성되었다. 가장 잡다하면서도 위력이 막강했다. 맹호의 무리가 사해의 구름처럼 몰려, 한 치의 빈틈도 없이 진격의 군령이 떨어지기만을 기다리고 있었다.

맨 뒤에서 소규모의 작은 무리가 중구난방으로 키득거리고 있었다. 소년귀 공진장령이 그 무리의 대장인 듯했으나 대장이랄 것도 없었다. 벌거벗은 어린아이였으니 말이다. 소년귀 주변에 모인 귀신들 역시 군대란 말이 무색했다. 갑주는커녕 기저귀도 제대로 차지 않은 벌거숭이였다. 저들

멋대로 웃고 떠들고, 언뜻 보면 전장에 나온 병사라기보다 소풍 나온 어린애들 같았다.

　4개 군단 호위하듯 감싸고 있는 또 하나의 거대 군단이 있었으니, 동방 수목국에서 파견된 수림군단이었다. 수림군단은 나무와 수풀로 이루어진 정령들이었다. 헤아릴 수 없을 만큼 거대한 수림과, 수림 사이에 빼곡히 들어찬 수풀이 철옹성을 방불케 했다. 명계에 결계가 있다면 유계에는 수림군단이 최후의, 강력한 방어막을 형성하고 있었다. 이 군단을 지휘하는 장령은 별상장령으로, 선비 차림의 대감귀였다. 커다란 태극선을 타고 다니는 대감귀는, 귀왕에게 필요한 정보를 제공하고 각 군단에게 전기전술을 연마시키는 한편, 군령을 하달하고 작전을 진두지휘했다. 말하자면 유계 혁명군단의 총사령관인 셈이었다.

　"공격하라!"

　왕귀가 별상장령 대감귀에게 총공격 명령을 내렸다. 공격 명령을 받은 총사령관 대감귀가 자신의 직할 군단인 수림군단을 비롯한 5개 군단에 총공격 명령을 하달했다.

　"귀왕 전하의 영이다! 전군 진격하라!"

　총사의 세부적인 명령이 하달되고 전군에 출정 명령이 떨어지자 유계의 천하는 구름과 함성으로 뒤덮였다.

"와! 가자! 명계 놈들을 쓸어버리자!"

"진격이다! 진격!"

"앞서간 전령들의 한을 풀어주자!"

"지긋지긋한 윤회의 굴레에서 벗어나 영원한 자유를 되찾자!"

유계의 군마와 함성으로 모든 우주의 별들이 빛을 잃었다. 태양은 수림군단이 세운 거대한 수벽에 가려져 그 위치조차 분간키 어려웠다. 별들의 왕 북극성만이 가물거리고 있었으나 그 역시 빛을 잃는 것은 시간문제로 보였다. 삽시에 일어난 유계의 거대한 반란은 삼계를 통째로 흔들었다.

"허! 저놈들이 저거…. 기어이 일을 내는구만."

염라전 왕좌에 앉아, 저놈들이 어찌하나 지켜보고 있던 염마왕이 혀를 찼다.

"존왕께서는 어찌 그리 느긋하시오? 마치 강 건너 불구경 아니오!"

염마왕의 처신이 못마땅했던지 진광왕이 닦달했다. 그러나 염마왕은 그저 웃을 뿐이었다.

"허허…! 그것참, 제 놈들이 아무리 날뛰어봐야 인혼사로 얽어놓은 결계를 무슨 수로 뚫고 오겠소! 진왕도 아시잖소. 지난 개벽 때도 이 왕부는 불에 탔을지언정 결계만큼은 손실이 없었다는 것을."

"그래도 그때와는 비교가 되질 않습니다. 그때는 놈들의 떠돌이 세가 미미했었지만, 지금은 수림의 정령들까지 나서서 한패로 몰려오고 있으니. 뭔가 방책은 세워놔야 할 거 아니겠습니까. 제왕들께서는 어디 고견이라도 내 보세요."

"걱정하지 말래두요. 시간이야 어쩔 수 없다 해도, 공간이야 우리 손으로 쥐락펴락할 수 있으니 뭣하면 저놈들을 호리병블랙홀에 확 가두어버리면 그만 아니겠소."

"하! 이런 낭패가! 호리병 속에 어디 저놈들만 들어간답니까? 우리 시왕전이 거기 갇혀있다 겨우 빠져나온 걸, 벌써 잊으셨소?"

명계는 아무 일도 없다는 듯 조용했다. 염마왕에게 그런 말이라도 할 제왕은 진광왕뿐이었다. 그가 있는 곳은 제1전 왕부여서 유사시엔 화가 제일 먼저 닥쳤다. 성질머리 고약한 염마왕이나 다른 왕들이 느긋한 이유도 제1전 왕부가 버텨주고 있기 때문이었다. 위치가 그러해서 그런지, 진광왕부의 수비대 위력은 가장 막강했다. 염마부를 비롯해 다른 여타 왕부의 모든 전력을 합친 것보다 강대했다.

진광왕이 이끄는 수비대는 도깨비들로 구성되었다. 이매, 망량을 필두로 허깨비, 불깨비, 나무깨비, 물깨비, 사발깨비,

발굽깨비, 인두깨비, 우두깨비 등 이루 헤아릴 수 없을 정도의 많은 도깨비들이 모여있었다. 외발로 선 그들은 멀리서 보면 꼭 흔들리는 부초 같았다. 그러나 그 부초에 갇혔다 하면 헤어날 수 없는 지경에 이르렀으니, 허깨비의 허상에 걸리거나 불깨비의 불구덩이에 파묻히거나 우두깨비의 소대가리에 받치는 등, 수렁에 빠진 채 허우적거리다 최후를 맞아야 했다. 전투력이 아무리 강하다 해도 이들의 위계僞計와 지구전에는 당해낼 재간이 없었다.

진광왕이 자리를 박차고 일어났다. 더 있어 봤자 시간만 허비했지 도무지 득 될 게 없을 것 같았다.

제1전 왕부에 돌아온 진광왕이 명을 내렸다.

"예하 전 도깨비군은 지금 즉시 방어태세를 갖추고 명을 대기하라!"

"물깨비와 불깨비, 허깨비와 참깨비, 발굽깨비와 손등깨비, 영감깨비와 노파깨비 등 이합異合, 집산集散하라! 집산하는 즉시 이합하고 이합하면 곧바로 집산하라. 적들의 눈을 속이고 허점을 드러내라. 다수 강약을 불문하고 보이는 대로 다 포획하되 걸려든 적은 한 놈이라도 빠져나가게 해선 안 되느니라!"

유계의 혁명군은 전광석화와 같았다. 우주를 집어삼키고도 남을 만한 거대한 유령군단이 짓쳐들어왔다. 그 첫 번째 공략대상이 제1전의 진광왕부였다. 그러나 진광왕부 어디에도 이렇다 할 군대는 보이지 않았다. 흐릿하게 떠도는 도깨비들뿐이었다. 특이한 점은 두 마리의 도깨비가 짝을 이뤄, 한군데 모였다 흩어졌다를 반복했다.

제1전 왕부가 흐릿한 시야를 뚫고 다가왔다. 초가삼간보다도 못한 허술하고 낡은 굴피집이었다. 두 채였는데 한 채는 규모도 크고 제법 위용을 갖추고 있긴 했지만, 그래도 왕부라 하기엔 초라했다.

철갑으로 중무장한 몽달귀가 부월을 번쩍 들었다. 등에는 전통을 매고 있었다. 수십 광년 떨어진 행성 하나쯤은 단번에 펠, 무시무시한 활이었지만 연무 같은 도깨비들에겐 써먹을 데가 없었다. 부월을 치켜들자 서늘한 섬광이 몰아쳤다. 초라하기 이를 데 없는 진광왕부가 번쩍이는 섬광에 나뭇잎처럼 흔들렸다.

"흐흐! 가소로운 것들. 어서 물러나지 않고 뭘 꾸물거리느냐! 유계의 총두장령께서 너희 같은 무리를 상대할 성싶으냐? 진광은 어서 나와 길을 열도록 하라!"

소리 없는 소리가 어찌나 크던지 도깨비 떼가 너울처럼

흩어지고 왕부의 기둥이 대순처럼 휘어졌다. 그러나 왕부에서는 어떤 대답이나 기척도 없었다. 화가 난 몽달귀가 강궁을 들었다. 화살은 보이지 않았다. 보이지 않는 화살을 먹은 시위가 끊어질 듯 당겨졌다. 시위를 놓자 장대보다 긴 화살이 은빛을 발하며, 눈에 보일 정도로 느리게 날아갔다. 도깨비 몇이 두꺼운 굴피 방패로 막았지만 화살은 유유히 진광왕부에 꽂혔다. 화살의 위력은 어찌나 막강했던지 명왕성쯤의 행성은 단번에 박살 내고도 남을 만했다. 그런데도 정통으로 얻어맞은 왕부전엔 화살만 꽂혀있을 뿐 그 어떤 변화도 없었다.

"……?"

'그래? 이놈들! 어디 끝까지 한번 해보잔 말이지.' 혼잣말을 중얼거린 몽달귀가 뒤를 돌아봤다. 뒤를 보는 순간 어둠의 장막이 걷히며 무시무시한 용의 무리가 불을 뿜었다. 유계 최강의 용군龍軍이었다. 포악하기로 이름난 티라노사우루스부터 하늘은 나는 익룡과 바다의 제왕으로 군림하던 모사사우루스 등 해룡의 무리가, 열대우림의 거목처럼 열병해 있었다. 입에서 불을 뿜으며 철벽이라도 조각낼 듯한 날카로운 발톱으로 으르렁거렸다.

"용군들은 들으라! 저 하찮은 도깨비놈들까지 우리를 우습게 알지 않느냐! 단 한 놈도 놔두어선 안 될 것이다. 총공격하라! 허깨비라고 사정 두지 마라!"

중토국의 최정예 용군이 노도처럼 덮쳤다.

굴피집으로 겨우겨우 버티는 진광왕부였다. 초라한 전각만큼이나 방비 또한 허술하기 이를 데 없었다. 외발 허깨비들의 떠도는 모습은, 군대가 아니라 하루살이 떼의 군무 같았다.

노도처럼 몰려가던 용군이 발을 멈추었다. 아무리 가도 끝이 없었다. 불을 뿜으며 보이는 것마다 태우고 발톱으로 찢어발겼지만, 도깨비들은 너울너울 춤을 출 뿐, 그 숫자가 줄어들거나 세력이 약해지기가 않았다. 아니 오히려 시간이 지날수록 물엿처럼 끈적거리기만 했다. 뭔가 이상하다 싶자, 그때는 이미 옴짝달싹할 수 없게 발이 묶였다. 기진맥진해 허우적거리기만 했지, 왕부의 전각은커녕 그 문 앞에도 닿지 못하고 있었다.

몽달귀의 용군이 지지부진하자 전세를 관망하던 군사軍師 대감귀가 껄껄 웃었다.

"지금 이 마당에 웃음이 나오시오?"

대감귀의 웃음에 몽달귀가 부월을 흔들어댔다.

"저놈들에게 도깨비가 있다면 우리에겐 공진이 있잖소!

간교한 도깨비의 사술과 천진난만한 공진대군이 한바탕 붙으면, 그래 어느 쪽이 이길 것 같소?"

선봉장 몽달귀가 눈을 부릅떴다.

"크하핫! 거참 묘수요 묘수! 신책이 구천문이오. 우리에게도 삼계무적의 벌거숭이 동자군이 있다는 걸 몰랐구려."

"공진장령은 귀왕 폐하의 명을 받드시오!"

기저귀로 불알만 겨우 가린 소년귀의 대장 공진장령이 '귀왕 폐하'란 말에 득달같이 달려와 부복했다. 그는 세상 누구의 눈치도 보지 않았다. 그 어떤 말에도 일절 따르지 않았다. 오직 귀왕의 명령과 귀왕의 지시에만 반응했다.

"앞에 보이는 명계의 숙적 도깨비군단을 즉각 격파하라!"

명령을 받은 공진이 히죽 웃었다. 일개 군단의 대장은커녕 오합지졸의 졸보다도 못한 행색이었다. 그의 손에는 공기놀이하던 곱돌 몇 조각이 들려있을 뿐, 이렇다 할 무기나 군장도 없었다. 그가 거느린 무리는 더욱 가관이었다. 공진이는 그래도 기저귀나 차고 곱돌이라도 들고 있었지만, 다른 소년귀들은 하나같이 벌거숭이에 천진난만한 웃음소리뿐이지 않은가. 그래도 명색이 대장이라고 그들 앞에 떡하니 서더니 목청을 가다듬고는 호령했다.

"야들아! 가자!"

"어? 어디루?"

"저기 도깨비들 있지? 귀왕께서 저놈들을 내쫓으란다. 가자! 가서 저놈들 쫓아내고 신나게 놀아보자!"

"와! 재밌겠다. 가자!"

구름떼처럼 일렁거리던 공진의 무리가 폭풍과도 같은 기세로 몰아갔다. 순식간이었다. 공진이 곱돌을 마구 던졌다. 곱돌은 오색 빛을 내뿜으며 도깨비들의 안개를 쓸어냈다. 그 틈에 어린 벌거숭이들이 진광왕부에 들어가 웃고 떠들고 하면서 기둥뿌리를 흔들어댔다. 도깨들이 소년귀들을 내쫓으려고 갖은 계략을 꾸며봤지만 천진난만한 소년귀들에겐 통하지 않았다.

"야! 도깨비 친구들 같이 놀자!"

공진이와 그 몇몇이 곱돌을 마구잡이로 던지며 도깨비들에게 다가갔지만, 도깨비들은 형체 없이 흩어질 뿐 대적하질 못했다. 소년귀들이 기둥뿌리를 뽑아냈다. 지붕의 굴피를 조각내 공놀이했다. 왕부의 전각이 맥없이 무너지는 것을 보면서 전광왕이 하소연했다.

"허! 내 이럴 줄 알았지. 이럴 줄 알았어! 염라부 저 늙은이 때문에 애꿎은 왕부만 결딴나는구나!"

드디어 명계의 제1 왕부인 명계 최강·최전선의 수비대

도깨비군단이, 공진장령이 이끄는 소년귀들에 의해 맥없이 허물어지자, 유계 혁명군의 사기는 삼계천하를 뒤흔들었다. 혁명군의 함성이 명계의 누리를 집어삼켰다. 순진무구하고 천진난만한, 전술이랄 것도 계략이랄 것도 없는, 공진장령이 이끄는 소년귀들의 공놀이 때문이었다.

다음 건너야 할 장애물은 제2 왕부인 초강왕전이었다. 초강왕, 초왕으로 불리는 이는 워낙 겁쟁이라 유계 혁명군이 쳐들어온다는 소식이 있기도 전에, 진작 어디론가 내빼고 없었다. 텅 빈 제2 왕부였다.

그러나 문제는 왕부와 그에 딸린 전각이 아니었다. 제1 왕전 진광왕부에서 제2 왕전 초강왕부 사이에는 수미산과 철위산이 갈라놓은 거대한 계곡이 있었다. 그 계곡을 가로질러 천험의 요새가 기다리고 있었으니, 바로 그 유명한 수철계곡이었다. 사실상 명계 최후의 방어벽이기도 했다. 그 계곡만 뚫리면 시왕전 전부가 코앞이었다. 시왕전은 일렬종대로 늘어진 것이 아니라 전후, 상하좌우로 시방十方에 붙어 있어 한곳이나 마찬가지였다.

계곡 양쪽에는 거대한 바위가 층층이 늘어졌고 그 아래론 끈적끈적한 쇳물이 흘러내렸다. 특이한 점은 으스스한 한기였다. 어딘가 섬뜩하고 으스스하다고 느끼는 순간, 생각도 느낌도 눈에 보이는 모든 것이, 화로에 봄눈 녹듯 사라졌다. 명계최강의 몽달귀는 물론 소년귀까지 대적해봤지만, 기저귀 끈조차 찾을 수 없었다.

계곡을 앞에 두고 왕귀가 탄식했다.

"하! 이를 어쩐다? 대체 무엇이 있관데…. 속수무책 아닌가?"

난감해하는 왕귀에게 대감귀가 태극선을 부쳤다.

"놈들의 결계 때문이옵니다."

"결계 때문이라니?"

"그러하옵니다. 수철계곡에 쳐놓은 결계는 인간의 혼령이 거미줄처럼 결속되어 그 어떤 무기나 장비로도 깨칠 수가 없습니다."

왕귀가 눈을 찡그리며 난감해했다.

"그렇다면…, 그렇다면 대책이 없단 말인가? 놈들의 멸망이 눈앞인데 단 한 발자국도 진군할 수 없다니! 군사에게도 대책이 없단 말이오?"

"있기야 있습니다만, 희생이 워낙 커서…."

"있긴 있단 말이오? 속히 말해보시오!"

"결계를 푸는 방법은, 우리도 똑같이 인간 혼령으로 짜여진 도검이 있어야 할 줄 사뢰옵니다."

5. 인멸

왕귀가 손뼉을 쳤다.

"그게 무슨 어려운 일인가? 인간 혼령만 있으면 된다는 말 아니오!"

왕귀의 반색에도, 대감귀는 시무룩했다.

"그게… 결계를 해체할 만한 도검을 만들자면, 모르긴 몰라도…."

"어허! 이리 답답해서야. 혁명군의 군사로서 어찌 작은 희생을 두려워하는가! 속히 계책을 내렸다!"

대감귀의 눈에 은빛 물결이 일렁거렸다. 은하수의 노을이었다. 저 별 숫자만큼이나… 하려다 귀왕에게 허리를 숙였다.

"귀왕께 아뢰옵니다. 적어도 일백억 정도의 인혼이 필요할 줄로 사료되옵니다만…."

그때에야 왕귀가 흠칫했다. 일백억의 인혼人魂이라면 현재 이계에 있는 60억의 전 인류의 생명을 모조리 거둔다 해도 모자라는 숫자 아닌가. 왕귀의 심중을 꿰뚫기라도 하듯 대감귀가 한마디 더 보탰다.

"현생의 인혼은 살아있는 생령으로, 유계나 명계에 있는 인혼보다 곱절은 강력하옵니다. 이계의 인혼을 전부 수거한다면 명계의 결계를 깨는 일이야 손바닥 뒤집기보다 쉬울 겁니다. 또한, 저들을 당장 멸망시켜도 이계의 존립·질서에는 아무런 지장도 없을 것입니다. 오히려 이계의 다른 생령들은, 인혼이 사라진다면야 환호하고 반길 것입니다. 다만….”

"다만? 다만, 무어란 말이오?"

"삼계의 숙적인 창조주에 대항할 최후의 무기로 만든 게 인간들 아니오니까. 그런 인간들을 싹 거두시면 우리 유계가 명계를 이겨, 혁명에 성공했다 해도 창조주의 서슬 퍼런 감시에서 벗어나기란 어려울 줄 아뢰옵니다. 지금처럼만 인간들이 창조주에게 대적해 준다면 머잖아 창조주 역시 제풀에 지쳐, 유계의 독립을 확인해 줄 날도 그리 멀지만은 않을 듯하여….”

대감귀에 태극선을 물끄러미 바라보던 귀왕이, 결심을 굳힌 듯 명령을 내렸다.

"명계와의 혁명전은 일시 휴전한다. 그 일시 동안 지상 현존 인류의 모든 생명을 거두어들여라! 초급한 일은 명계의 결계를 깨는 것이지, 창조주의 눈치 따위가 아님을 명심하라. 동혼 동령들은 즉시 인혼의 수거에 전력을 다하라!"

이후 인류는 참혹하고 비참한 길을 걸어야 했다. 눈에 보이지도 않고 만져지지도 않는 유령들과 생존을 건 싸움을 시작된 것이다. 그것은 형색形色만을 가치의 맨 앞에 놓은 물신주의 결과였다. 또한, 창조주의 지위를 넘본, 오만방자한 무례의 대가이기도 했다.

알
몸

펴낸날 2025년 10월 20일

지은이 문상오
펴낸이 주계수 | **편집책임** 이슬기
교정 편집 주계수 | **꾸민이** 허유진

펴낸곳 밥북 | **출판등록** 제 2014-000085 호
주소 서울특별시 마포구 양화로 156 LG팰리스빌딩 917호
전화 02-6925-0370 | **팩스** 02-6925-0380
홈페이지 www.bobbook.co.kr | **이메일** bobbook@hanmail.net

ⓒ 문상오, 2025.
ISBN 979-11-7223-115-6 (03810)

※ 이 책은 저작권법에 따라 보호받는 저작물이므로 무단전재와 복제를 금합니다.
※ 이 책은 충청북도, 충청문화재단 후원을 받아 예술창작활동지원사업의 일환으로 발간되었습니다.